ミルクとコロナ

milk + corona　shiraiwa gen + yamazaki nao-cola

白岩 玄　山崎ナオコーラ

河出書房新社

ミルクとコロナ　目次

under corona

本文イラスト　白岩玄・山崎ナオコーラ

ミルクとコロナ

はじめに　山崎ナオコーラ

この本は、作家稼業を始めて十七年になる白岩玄さんと山崎ナオコーラによる、交換エッセイだ。内容は育児にまつわるなんやかやだ。

二〇〇四年に、白岩さんの『野ブタ。をプロデュース』と、私（山崎）の『人のセックスを笑うな』が、文藝賞という新人賞を同時受賞し、一緒にデビューした。当時、白岩さんは二十一歳、私は二十六歳だった。

会社やお笑い界で言うなら「同期」といった感じの関係か？

作家の「デビュー」の概念は曖昧《あいまい》で、それに、働き方がまちまちだし、また、年齢に幅があるので、他の作家たちとの付き合いの中で先輩後輩を意識することはほとんどないし、同じ年に「デビュー」したと思われる作家のことも、よくわからないので「同期」とは言っていない。白岩さんは私にとって、「同期」と表現できる唯一の存在だ。

授賞式は十月にあった。ひと通りの式が終わったあと、白岩さんの前には記者や編集者さんたちが挨拶《あいさつ》のための行列をずらりと作った。「イケメンだ」とこそこそ言われていた。私の前にも挨拶をしてくれる人が並んだが、早々にその列が終わって手持ち無沙汰になり、白岩さんが忙しそうなのを横目で見ていた。『野ブタ。をプロデュース』はいじめ問題を斬新な切り口で描いた傑作だ。

文藝賞を前年に受賞した羽田圭介さんがパーティー会場に来ていて、未成年でまだ酒が飲めず、そして、金髪だったことを覚えている。白岩さんとは忙しくてあまり話せなくて、羽田さんと喋《しゃべ》ったような記憶がある。

そのひと月ほどあと、『野ブタ。をプロデュース』と『人のセックスを笑うな』は同じ日に単行本として刊行された。発売日に書店へ行ったら、『野ブタ。をプロデュース』ばかりが山積みになっていたことを覚えている。

それから、数年後に中国へ行ったとき、書店に寄ったら、『野ブタ。をプロデュース』の中国語版が棚に並んでいた。とにかく、『野ブタ。をプロデュース』は、ものすごいブレイクだった。部数で言えば、『人のセックスを笑うな』もみなさんにたくさん買ってもらえた本なのだが（ありがとうございます）、おそらくその倍か三倍以上は売れた本だと思う。何十万部、もしかしたら百万部に近いくらいかもしれない（よく知らないで書いていますが）。こういうブレイクは、おそらく、作家にとって、良いこともあれば悪いこともある。『人のセックスを笑うな』がたくさん売れたとき、正直なところ、私は「つらい」と感じることがたくさんあった。それについて白岩さんといつか語り合ってみたい、と思いつつ、何も話したことはない。

その後も、私と白岩さんは、互いに自分から深く歩み寄るタイプではないせいか、たくさん喋る機会はなかったのだが、次第に他の作家の友人たちが増えてきて、たまにみんなで食事をすることがあるようになった。もう十年くらい前になるだろうか、あるとき、加藤千恵ちゃんの企画で（千恵ちゃんは企画が上手い）、白岩さんの誕生日会なるものがあった。当時は互いに未婚でまだ子どもの影も全然なかった時期だが、雑談をしていたらなぜか子どもの話題になって、そのとき、確か白岩さんが、

「妊娠や出産って、女性だけに負担をかけてしまいそうで……」

というようなことをサラッと言った。それを聞いて、ハッとした。白岩さんは「新しい男性」なのだ、と知った。


時間が経ち、私のところに子どもが生まれて、一年後ぐらいに白岩さんのところに子どもが生まれた。

「同期」として、育児エッセイを交代で書いてみることになった。

書いているうちにそれぞれのところに二人目の子どもも来た。コロナ禍が始まり、当初考えていたエッセイとは違うものも生まれた。タイトルが『ミルクとコロナ』になり、「before corona」「under corona」の二部構成になった。

「before corona」は二〇一八年一月に、「under corona」は二〇二〇年十二月にスタートしたので、時間があいた時期もあったけれど、白岩さんとはおよそ三年半にわたり、やりとりしたことになる。

お互いの文章の個性が面白く響き合っているのを楽しんでもらえたら嬉しい。

before corona

1

育児の責任感はどこから来るか　白岩玄

子どもが産まれたときに、ぼくは「お母さんには敵《かな》わない」とか「母はすごい」とかいう言葉は使わないようにしようと決めた。母親になった女性を尊敬して白旗をあげるのは、一見、女性を持ち上げているようで、育児を女の人任せにしてしまいかねない。だから「母性」という言葉も頭から消した。もともとそういうものが明確に存在すると思っていたわけでもないのだけれど、とにかく母親には育児をするための能力がもともと備わっているという考えを捨てなければ、自分がそこに甘えてしまうような気がしたのだ。

去年、三十三歳で父親になった。今、家には八ヶ月の息子がいる。四つ下の妻は現在は働いていないが、もともと海外の大学院を出て、仕事をしようとしていたときに妊娠したため、子どもが一歳になったら、また働きに出たいと言っている。

冒頭に書いた決めごとは、今でもちゃんと守っている。育児負担の割合で言えば、妻の方が高いのだけど、ぼくが家で仕事をしていることもあり、オ

ムツ替え、着替え、昼の散歩、お風呂《ふろ》、離乳食、爪切《つめき》り、鼻くそ取りにいたるまで、自分にできることはやれる限りやっている。家事についても、うちは完全に分担制だ。料理は妻、掃除はぼくと分けて、洗濯は手の空《あ》いた方がやるようにしている。

ただ、「育児を妻任せにはしないぞ！」と意気込んで子育てを始めた割には、ぼくはどうやら、育児は妻がやるものだという考えを捨てきれずにいるらしい。

たとえば、夜中に息子が泣いて起きても、ぼくはあまり気がつかない。いや、妻によると、気づいてはいるようなのだが、まるでうるさいと言わんばかりに、布団をかぶって背中を向けてしまうそうだ。さすがにちゃんと目が覚めたときは、ぼくも夜泣きの対応をすることがあるけれど、頻度《ひんど》で言えばたぶん十対一くらいの割合だ。

それから、妻は美容室に行くときも、ヨガに行くときも、たいてい申し訳なさそうにしている。「ごめん」とか「お願いします」としきりに言うのだ。でも、ぼくは散髪に行くときも、カフェに仕事に行くときも、ごめん、だなんて思うことはない。時間が長くなれば「一人で大丈夫かな」と心配にはなるが、妻のように、子どもを預けることに罪悪感を持つことはほとんどないのは、要するに、ぼくは意識の奥底で、育児を自分の管轄《かんかつ》ではないと思っているのだろう。

もちろん、今は妻が働いていないのだから、カフェに仕事に行くときくらいは、謝《あやま》らなくてもいいのかもしれない。でも、うちは子どもが一歳になったら、共働きになる予定なのだ。となると、このままではマズいよなと思う。もし妻がキャリアアップのために、もっと仕事に時間を割《さ》きたいと言ってきたら、ぼくは今のところ、快く「いいよ」と言ってあげられる自信がない。

でも、どうして妻がやるものだと思ってしまっているのだろう？

自分でも、それが不思議ではあるのだ。

うちには十歳の犬がいるのだが、その世話はぼくが完全に一人でやっている。もともとぼくが飼っていた犬というのもあるが、ご飯をあげるのも、散歩に行くのも、病院に連れて行くのもすべて自分だ。たまに仕事が忙しくて、妻に散歩に行ってもらうこともあるが、そのときはすごく申し訳ない気持ちになるし、毎回心からありがとうを言う。

思い返してみれば、そんなふうに何もかもを自分でやらなければいけないと思い込むようになったのは、犬を飼いだした最初の数ヶ月があったからかもしれない。初めて犬がうちに来たとき、犬はまだ何のしつけもされていない、生後三ヶ月の子犬だった。当時は実家に住んでいたのだが、家族が犬に慣れていなかったため、ぼくは自分の六畳の部屋で、毎日犬と二人っきりで過ごしていた。朝六時に「ケージから出せ」ときゅんきゅん鳴かれて起こされ、ご飯をあげたあとは、ひたすら遊んで、犬が疲れて眠るまで付き合うのくり返し。うちの犬はジャックラッセルテリアという、とにかくやんちゃな犬種なので、じゃれつき方も激しくて、手も脚もがぶがぶ嚙まれるし、犬の乳歯はとがっているから、すごく痛い。おまけにトイレトレーニングができるまでは、部屋中のあちこちにおしっこやうんこを垂《た》れ流《なが》される。そんな生活が、誰の手助けもなく、毎日のように続いたのだ。ぼくは本当に育児ノイローゼになりかけたし、どうにかそれを脱するために、自分で育児ノートまでつけて、その大変な時期を乗り切った。

でもそのおかげで、ぼくは犬の一生分の世話を引き受けようと思えるほどの、強い責任感を持つことができたのだ。だから、たぶん人間の育児も、そんなふうに「一人で背負い込む時間」を経験すると、この子は自分が見なければいけないと思うようになるのだろう。

実際、妻に訊《き》いてみると、彼女は妊娠中にその時間があったそうだ。赤ん坊を産みさえすれば、ぼくや自分の母親が助けてくれるだろうけど、とにかくこの子をちゃんとお腹の中で育てて、無事に外に産み出すのは私にしかできない、とずっと気負っていたらしい。

おそらく多くの母親たちは、この「一人で背負い込む時間」に、育児に対する責任感を植え付けられるのだと思う。その時期は人によって違っていて、妻のように妊娠中に背負い込む人もいれば、出産後に誰にも助けてもらえなくて、すべてを抱え込んでしまう人もいる。

ということは、やはり、ぼくも、自分一人が育児をやるしかない状況に一度身を置いた方がいいのかもしれない。妻にしばらく実家に帰ってもらうとかして、荒療治すれば、もう少し本当の意味で、妻と育児を分担することができるだろうか？

責任はみんなでふんわりと　山崎ナオコーラ

母親賛美をしないと決めた自分の中にも「育児は妻がやるものだ」という考えがしつこく混じっているかもしれない、といちいち面倒くさく心を捉《とら》え直《なお》すところが、考え過ぎの白岩さんらしい。

正直、私はそんなふうに真面目に考えたことがなかった。自分の心に責任感が本当にあるのかどうか、わからない。

確かに、腹に子どもがいたときは気負っていた。流産の経験があったから、宿ってからはおそるおそる動き、私の一挙手一投足が子どもの運命を変えるかもしれない、とびくついていた。だが、産んでしまったあと、あの感じは急速に薄れ、もうじき子どもが二歳になろうとしている今、妊娠や出産のことを思い出して子どもとの関係を捉え直すことはほぼない。

気軽に、「悪いね」「ごめんね」ともうひとりの親に言ってしまっていたのは、私の場合はそぐわなかったかも、と省《かえり》みた。責任感が

あるわけではないのに、その場を無難にやり過ごすため、育児をするもうひとりの親に、「悪いね」「ごめんね」とさらりと声かけしてしまっているときがあった（ちなみに、「もうひとりの親」とは夫のことです。夫という言葉だと私の抱くイメージに合わないので、この面倒な表現にしてみました）。

私は、「責任」という言葉のイメージに、「謝罪」と「辞任」が強くある。ニュースでよく聞く組み合わせだからだろうか。頭を下げている姿を見て、「ああ、責任を感じているんだなあ」と安易に思ってしまう。

「海外で事故に遭《あ》ったとき、先に謝ると責任の所在が自分にあると認めたことになるから、簡単に謝るな」というアドバイスも聞いたことがある。

家でも、謝れば、「私に育児の責任がある」という表現だと、もうひとりの親は捉えるかもしれない。

なんとなく、「きっとこれから、『妊娠・出産が親を作る』という考えは古くなっていくんだろうなあ」と想像している。「妊娠・出産・育児はひとりで行う」という概念は廃《すた》れていく。昔は腹の中がブラックボックスで、発生の仕組みも解明されておらず、「父親はつつくだけで、発生の源は全て母親のもの」という考えが主流の時代もあったみたいだし、妊娠中の腹の中はずっと謎だっただろうし、出産に医療が介入しないからほとんど母親の力だけで子を産み落としていたわけで、ひとりの作業ばかりだった。しかし、現代では、妊娠は父親と母親の遺伝子が半分ずつだと解明されているし、経済的なことを社会で負担してくれる部分もあるし、多くの人が協力してくれるし、ひとりではない感じが強まってきている。たとえば、私の場合は帝王切開手術で子どもを産んでいるので、私よりも医師や看護師、助産師の力が大きく働いており、出産はみんなで行っている。医療や文化の発達によって、「ひとりではなく、みんなで」という流れは、すでに始まっているのではないか。

昔の小説を読んでいると、流産が起きたときに「ごめんなさい」と妻が夫に謝るシーンがよく出てくる（谷崎潤一郎の「細雪《ささめゆき》」にもある）。こんなふうに、妻が夫や夫の親に「ごめんなさい」と謝罪し、夫が「謝ることないよ。また、きっとできるよ」と返す、というようなシーンを現代小説で書いたら、不自然だ。批判も来るかもしれない。流産は誰にも止められないことだ、多くの場合は自然淘汰だ、母親個人の責任で起きることではない、という考え方を、時代や文化が作りあげたのだ。

責任をひとりで負う、ということが古くなりつつあるのではないか。

さて、私は、世間に漂う性別のイメージにコントロールされたくないと思って生きてきた。そうして、子どもができたとき、母親ではなく、ただの親として育児をしよう、と思った。育児エッセイは、子どもの性別は明かさずに書こう、と決めた。

子どもは元気に育ち、最初の言葉は「ぞう」（絵本のぞうの絵で覚えた）、初めての二語文は「ガーガ、いない」だった（近所の川にカモがいて、それが飛んでいったときに言った）。動物が出てくる絵本を好み、生物図鑑をめくるのも好きだった。

動物好きに育ったのだな、と喜んでいたのだが、ここ数ヶ月は電車のことばかりを言う。うちはテレビがないので、子どもはひっきりなしに絵本をこちらに持ってきて、私の手に無理やり押し付けながら「読んで」とせがむのだが、最近は、電車の絵本ばかりを持ってくる。それも、なんのストーリーも、デザイン性もない絵本だ。

少し前、イチゴ狩りにでも連れていこうと特急あずさに乗った。「あずさ」「あずさ」とえらく喜んだので車内販売で模型を買って与えたところ、その夜は模型を握り締めて布団に入った。危ないと思って寝入ったあとに手から外しておいたら、明け方に「あずさ、ない」と叫びながら起き、泣き出したのでまた模型を握らせると、落ち着いて再び眠りについた。先日、富山に出張があり、新幹線かがやきに乗ったら、「かがやき」「かがやき」と大騒ぎだったので、かがやきのアップリケを服に付けた。

正直なところ、不本意だ。決まった通りにしか動かない、四角四面でたいした個性のない人工物の、何がそんなに面白いのか。それと、私としては、もっと可愛らしい服を着せたい。でも、子どもは私の好みよりも、社会の風潮に染まっている。

もしも、電車のない時代だったら、子どもは電車好きにはならなかっただろう。

そうか、育児は親だけでなく、時代も行っているんだ。文化も育児をしている。環境も、育児をしている。子どもが電車好きになった責任は、私にもあるかもしれないが、時代にも文化にも環境にもある。みんなで育児をしているから、個人にはコントロールができない。

責任という言葉から、私がもうひとつ強く想起するのが、戦争だ。

戦争責任はどこまでなのか、という問いはずっと議論されてきたことだ。戦争を知らない世代にも戦争責任はあるのか。戦争責任を感じる場合は、どのような行動を取るべきなのか。

戦争が終わったときに、軍の司令部だけに責任があると庶民は責めたが、軍だけが戦争をしたわけではない。庶民も行った。時代が、文化が、環境が戦争をした。戦争が始まったとき、確かに個人には止められなかった。庶民にはどうすることもできなかった。でも、責任は庶民にもあったはずだ。時代や環境を作っているのは、庶民だからだ。そして、その当時には生まれていなかった私にも戦争責任はあるように、私としては思っている。

そう考えて、責任というのは、ひとりで負うんじゃなくて、みんなでふんわりと負うのが良いのではないかな、と思った。

謝らせるために「責任」という言葉を使うのではなくて、他人と手を繋ぐために「責任」という言葉が使えたらいいなあ、と考えた。

2

立ち会い出産は難しい　白岩玄

山崎さんが前回、電車のことを「決まった通りにしか動かない、四角四面でたいした個性のない人工物」と切り捨てたところに笑ってしまった。

ぼくも歳の離れたいとこの面倒をよく見ていたので、小さい子の電車に対する熱狂ぶりは覚えがあるのだけど、電車好きは大抵プラレールに移行するので覚悟しておいた方がいいと思う（ご存じかもしれませんが、あれは子どもが小さいうちは大人がレールを組まねばならず、めちゃくちゃ場所も取るので、親が電車嫌いだと本当に面倒臭いと思います）。

さて、「親だけでなく、時代や文化や環境だって育児をしている」という山崎さんの話を読んで、そういう考え方があるかとうならされた。たしかに、今子育てをしている人たちは、育児の責任が自分にあると思い込みすぎているところがある。おまえが欲しくて産ん

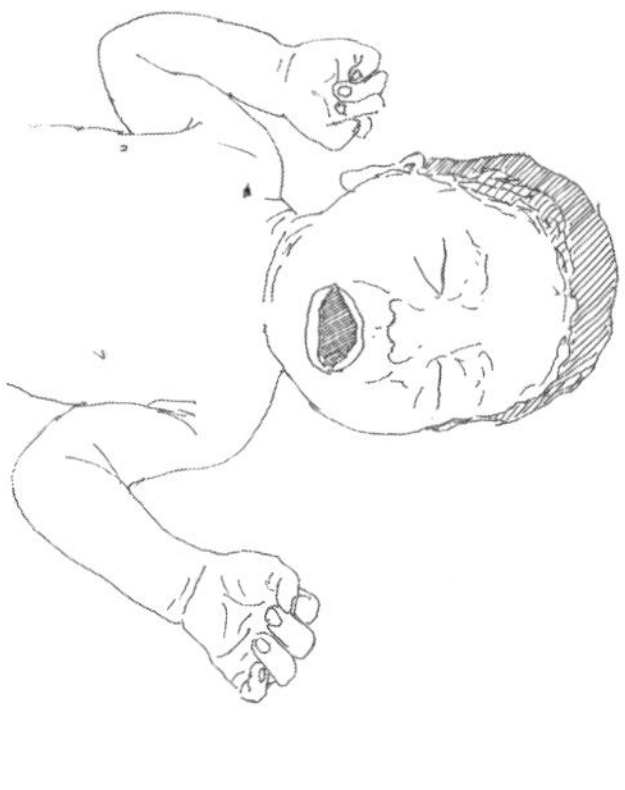

だんだろうが、という言葉に象徴されるように、子どもは親のエゴで産む、という考え方がいつからか主流になったことで、親がすべての責任を取らなければいけないと必要以上に背負い込んでしまうのかもしれない。でも山崎さんが言うように、育児というのはそもそもあらゆる要素が混ざりあった大きな流れの中でしているものだから、なんなら親にできることなんてたかがしれているくらいに考える方が、もう少し気が楽になるのではないか。

時代や文化と言えば、最近は立ち会い出産をする男性が増えている。データによると、およそ五〜六割の人がしているようで、十年ほど前と比べても、二十パーセント近く増えているらしい。周りでもした人の方が多いし、ぼく自身も独身の頃からそれをすることに抵抗を感じていなかった。産む女性が望まなかったり、仕事でどうしても無理、あるいは産院の都合で立ち会いが不可でもない限り、現代の（特に若い世代の）男の人は、立ち会いをそこまで拒まないんじゃないかという気がする。出産を他人事だと考えない男性が増えたのは悪いことではないはずだ。

ただ一方で、出産というものを考えたときに、「それは本当に男性が踏み込んでいい領域なんだろうか？」という疑問がある。出産は女性の仕事だと言っているのではなく、なるべくストレスがない環境で産むことが重要である以上、「立ち会う」という行為には、正直かなりの繊細さが要求されるんじゃないかと思うからだ。

まず、産婦の中には（それを口にするかしないかは別にして）男性に立ち会ってほしくないと思う人が一定数いる。育児雑誌なんかを読んでいても、「出産のときはノーメイクだから嫌だ」とか「いきんでいる最中に排便をしてしまうこともあるようだから見られたくない」という声を目にするし、男性が横にいても使いものにならないから、いるだけ邪魔と考える人もいるようだ。あとは、分娩中《ぶんべんちゅう》にデリカシーのないことを言われたり、自分が望むような振るまいをしてくれなかったことで、立ち会い出産を選択したことを後悔している産婦もいるらしい。

実際、ぼく自身も立ち会いを経験したときに、異国に放り出されたような戸惑いを感じた。まぁこれはぼくが考えすぎなところもあるのかもしれないが、あの空間では具体的に何をすればいいのかが、いまいちよくわからないのだ。とりあえず、こまめな水分補給が必要な妻のために、ストローをさしたペットボトルの水を口元に持っていったり、助産師さんから教わった「陣痛の痛みが和らぐマッサージ」とやらをしていたのだけど、水はともかくとして、マッサージは教わった通りにやっても、助産師さんがするようには上手くできず、何度かやっているうちに、あまり効果がないことをぼくも妻も悟ってやめるという結果になってしまった。なので、結局のところ、ぼくがしていたことと言えば、「痛い」「つらい」「やめたい」などの妻の嘆《なげ》きを聞く壁になることと、トイレに行くときに手を貸してやるくらいのものだった（膀胱《ぼうこう》が圧迫されて頻繁《ひんぱん》に尿意をもよおす上に、痛みでちょっとずつしか歩けないからだ）。そして、いざ出産の段階まで来ると、必死になって赤ん坊を外に押し出そうとする妻の横で手を握って、ひたすら「がんばれ、がんばれ」と声を掛け続けることしかできない。

あの無力感の入り交じった居心地の悪さは、ちょっと独特なものだ。しかもぼくの場合は、「がんばれ」と横で言われるのは、もうめいっぱいがんばっているから腹が立つ、という女友達の話を聞いていたので、声援を送ることにすら遠慮があった。自分の妻と女友達は違うとわかっていても、頭のどこかでは「俺のこの励《はげ》ましは妻をいらだたせているだけなんじゃないのか?」と疑心暗鬼になったりして、子どもが産まれる瞬間まで戸惑いが消えなかった。

白岩さん、気にしすぎですよ、と山崎さんにまた言われてしまうかもしれない。そんなのは自分の妻としっかりコミュニケーションを取ればいいだけの話で、頭でごちゃごちゃ考えるから、不要な迷いを抱え込んでしまうんだろうなというのは、自分でもよくわかっている。でも、不特定多数の女性の声って、なぜかぼくの体には蓄積しやすいんだよなぁ……。

ちなみに、分娩室では何をすればいいかわからなかったと書いているが、一歩間違えれば、妻に怒られるようなことを、ぼくもしてしまっている。立ち会い出産をした中で、個人的にテンションが上がったのは、分娩監視装置という、子宮の収縮具合と胎児の心拍を計るための機械に出会ったときだった。およそ十分おきに来る陣痛で子宮が収縮を始めると、お腹の痛みに伴って、用紙に出力されたグラフがぐぐっと山なりになる。実際、傾斜がつきだすと、妻は「うー」と眉間《みけん》にしわを寄せて苦しみ始め、ピークを越えて線が下降を始めると、少しずつ穏《おだ》やかな顔になっていった。人間の痛みが可視化されるのを初めて見たぼくは、その機械にしばらく夢中になってしまった。用紙が出てくるところに張り付いて、グラフの線が上昇を始めるたびに、「来るぞ、来るぞ!」と嬉《うれ》しそうに警告したりしていたのだ。幸い妻はそういうアホさを相手にしない人なので大丈夫だったが、もし自分がそんなことをやられたら、そいつを殴《なぐ》っていたと思う。

他に大切な瞬間がある

山崎ナオコーラ

もしも、もうひとりの親が子どもを産むことになって、私が立ち会いするとしたら、なんと声をかけるだろうか？　私も、白岩さんと同じように「がんばれ」と言って、「うーん、これでいいのかなあ」と心の中で思うような気がする。確かに、最近の日本では、「がんばっている人に向かって『がんばれ』と声をかけるのはプレッシャーをかけるだけで意味がない」ということがよく言われる。でも、苦しんでいる人の隣りで、ぼーっとしているわけにはいかないし、何かしら喋《しゃべ》らなければいけないだろう。「がんばれ」以外に、軽くて、ポジティブで、相手を思い遣っている感じが出る言葉がなかなか浮かんでこない。

特別養子縁組、普通養子縁組、里親制度などの方法もある。ただ、現状では妊娠、出産を経て親になる場合が多い。

妊娠や出産をすることになったとき、神秘的なシーンとして、妊娠中の過ごし方、出産のやり方にこだわる人もいると思う。

ただ、私の場合は、妊娠、出産がそれほど重大なことには思えなかった。正直な気持ちを書くと、楽しくなかった。生まれてからがとにかく楽しい。だから、妊娠の仕方、出産の仕方に対しては、「どうでもいい」というのが素直な気持ちだ。

ここで、自己紹介的なことを書いておいてもいいだろうか。性別についての話がこれからも出てくると思うのだが、私は女性を代表して文章を書くことができない。まず、私は性別を公表していない。なんとなくはバレているだろうが、はっきり書きたくない。私は社会的なシーンで自分の性別を定義することをつらく感じてしまうのだ。子どもの頃から、申込書などに性別を記入しなければならないとき、苦しさを覚えてきた。パスポートに性別欄があることにも憤りを覚える。私は、たぶん異性愛者で、服装は「女性らしい」と言われるようなものをまといがちだ。でも、なぜか、社会に出たとき、仕事をしているときに、自分は「女性なんだ」と思うと、恐怖や気持ち悪さでいっぱいになる。自分を女性的に表現したくない、という思いが腹の底から湧《わ》いてくる。こういった私を、「無理にそうしようとしている」「常識に流されずに、小さなことでも自分を通そうとしている」と捉える人もいるかもしれないが、そうではない。「力を抜いて、自然にして、できるだけ周りに波風立てずに生きていきたい」と考えているのに、小さなことでつまずいて、怒ったり泣いたりしてしまうのだ。私としては、これは生まれつきの性格のせいだと思う。育った環境によるものや、容姿が悪いからそういう考えになったという部分も完全には否定できないが、自分としては、「生まれつきの性別感覚」という理由が大きいように感じている。私は生まれつきノンバイナリージェンダーなのだ。

おそらく、性別について何か意見を言いたいと思っている多くの方が、「女性」「男性」という区別には馴染《なじ》むことができている。女性の貧困、女性への暴力、女性の社会進出、といった問題に取り組んでいらっしゃる方は、「女性」というカテゴライズには馴染むことができている。「差別は駄目だが、区別はするべきだ」という考え方をする人がマジョリティなのではないか。同性愛者の方や、トランスジェンダーの方も、「女性」「男性」という概念には馴染める方が多いと思う。

しかし、私の場合は、差別ではなく、区別に苦しんできた。親や学校から、男の子より下だ、男性と同じ権利がない、といった扱いはあまり受けなかった。結婚後は、もうひとりの親が意見を言いやすいように、こちらが優しくするように、配慮を心がけている。そして、作家として仕事をしているときに、男性よりも仕事がしにくい、評価されにくい、ということはそんなに感じない。むしろ、萎縮している男性をよく見かけるので、男性の声に耳を澄ます必要があると思っている。つまり、自分の立場が下であったり、権利がなかったことに、私は苦しんでこなかった。そうではなく、「男と女は違う、と言われるのが苦しい」「男と女という概念がつらい」というのが私の感じ方だ。私の性別の悩みは、決して「女性のことを、男性に理解させたい」「女性の地位を向上させたい」ではなくて、「男性と女性を分けないで欲しい」「同じ人間として扱って欲しい」なのだ。

このことが、多くの読者と乖離《かいり》してしまうのではないかと恐れている。怒る方もいるのではないだろうか。「男性の育児参加を促すことを書いて欲しい」「女性のつらさを代弁して欲しい」という人もいるに違いないが、私にはそれが書けないのだ。しかも、私の場合は、体調や他の家族のおかげで、育児が楽しい。以前、「育児が楽しいと書かれると困る」と言われたことがある。「女性は男性と違って大変なんだ」という文章を待っている人がいる。

それでも、私は自分が思っていることを書くしかない。作家の仕事は、社会の分析よりも、個人の心を正直に書くことの方に重きがあると私は考える。読者には、「こういう人もいるんだな」というところを面白がってもらうしかない。また、私は自分の考えで社会を染めたくない。エッセイは、読み物として楽しんでもらいたいと思って書いている。そして、私はいわゆる「女性問題」で苦しんでいる方を軽視していない。女性の貧困、女性への暴力、女性の社会進出については、私ではない人がきちんと仕事をしてくれている。だから私は書いていないだけだ。また、誤解しないで欲しいのだが、「私は、苦しんでいない」と私は書いているだけで、「女性は、苦しんでいない」とは書いていない。それから、女性らしい生き方をしている人を否定することは絶対にしていない。女性らしい仕事をしている友人もいる。私にはできないというだけだ。「多様な人がいるね」というだけのことだ。

話を戻したい。

なんでもそうだが、希望通りの出産体験ができなかったならば、あきらめたり、忘れたりするしかないのではないか。

私は、いわゆる「出産」というものを一度しているが、「出産」という言葉をあまり使っていない。どうしてかというと、私の方法は予定帝王切開だったため、陣痛を経験しておらず、私はがんばらず、医者ががんばって腹を切って赤ん坊を取り上げてくれたため、私としては、「このことは、出産というよりも、手術と表現したいな」と思ったからだ。もちろん、大変だったり痛かったりする帝王切開をしている人もいる。陣痛のあとに帝王切開になる場合もあるし、人それぞれなので、帝王切開を一概に簡単なものだと思わないでほしい。ただ、私の場合の感じ方としては、痛みも少なかった。医学万歳、お医者さん素敵、という感じで、帝王切開できて本当に良かったと私は思っている。

当初はもうひとりの親も私も立ち会い出産を希望していたのだが、妊娠後期に前置胎盤《ぜんちたいばん》が判明して予定帝王切開でしか産めないことになり、私たちの病院は帝王切開の立ち会いはできなかったため、立ち会いはあきらめ、こうなった。

今、子どもは二歳になったが、出産のときを思い出すことはほとんどない。

妊娠や出産よりも、育児の方が断然楽しい。

二人で親になって育児をする場合、二人のうちのどちらかしか妊娠、出産を経験しないことがほとんどだろうが、育児は二十年ぐらい続くものだし、どっちが産んだかなんてそのうち薄れる。

死が臨終の瞬間などどうだっていいのと同じで、生も生まれる瞬間などたいした問題ではない。他に大切な瞬間がいくらでもある。

もちろん、大事にしたい人は大事にしたらいい。でも、私の場合は、出産に重きは置かなかった。

子どもはプラレールにはまり、電車や新幹線の名前を次々に覚え、電車と共に今日も楽しく生きている。

3

それでも、父になりたい　白岩玄

山崎さんの自己紹介的な文章を読んでいて、なんだか自分の無神経さを恥ずかしく思った。ぼくも山崎さんに対して無意識に女性としての意見を求めていたかもしれない。

ぼくは申込書などに性別を記入する際に苦しくなったこともなければ、パスポートに性別欄があることに憤りを覚えたこともない。でも、山崎さんがせっかく性別をとっぱらった話ができる場を作ってくれたので、そこで書けることをぼくも書いておきたいと思う。

ぼくは自分が男性であることには馴染めているが、世の中の「男性的なもの」には若干《じゃっかん》の嫌悪感がある。子どもの頃から、男同士の殴り合いのケンカや、度胸試し的なことが苦手だった。そういうものが男の子を育てる部分も確かにあるとは思うのだけど、「できなければ男ではない」という排他的な空気が嫌だった。

それから、思春期に突如として始まる、性的な会話も好きじゃな

かった。なんというか、エロいのはぼくも好きなのだけど、誰彼構わず強要してくる感じが気持ち悪かったのだ。女の子の世界がいろいろと複雑であるように、男の子の世界も「男気とエロ」という大なわとびに入れなければ、指を差されて笑われてしまうところがある。

あまり顔に出ない上、適当に合わせることもできる方だったから、それらのことでいじめられたり、はぶられたりすることはなかったけれど、そのつど心のシャッターは下ろしていた。そのせいか、今でも男性でありながら、世の男性たちに背を向けて生きているような気がすることがある。三十歳を過ぎて、もうそれでいいやと開き直ってもいるのだけれど、完全に克服できているかと言うとそうではない。劣等感にさいなまれたり、自分は男として不良品なのではないかと寂しい気持ちになることもある。

でも、そんなぼくにも、家庭を持ち、子どもを育てる権利はあるはずだ。だから、ぼくも男性の代表などではなく、あくまでも一人の人間としてこの先のエッセイを書こうと思う。山崎さんが言うように、作家の仕事は社会の分析などではなくて、個人の心に寄り添うことだとぼくも痛切に感じているからだ。

さて、さきほど男性であることに馴染めているかどうかという話をしたけれど、それならば今、自分が父親であることに馴染めているのかと言うと、正直よくわからない。まだ父親になってから一年くらいしか経っていないし、家庭を持った男性がプレッシャーとして捉えがちな経済力も、うちの場合は家事と育児を分担して、必要なお金は二人で一緒に稼ごうというスタンスなので、そんなに嫌な思いをしていないのだ。

ただ、親になったから、はっきりとわかるようになったこともある。それは、おそらく他の人よりも、自分が父親という立場に興味があるということだ。

ぼくは六歳のときに父を亡くした。物心はついていたので記憶は少し残っているが、どんな声をしていたかとか、見た目の細かな部分については、正直ほとんど覚えていない。顔も写真で見ているからイメージを補完できているに過ぎないし、はっきりと思い出せるのは、本当に断片的ないくつかの触れ合いの記憶だけだ。

その中でも、喫茶店をやっていた父が、仕事の合間に工作を教えてくれたことは、たぶん死ぬまで忘れることはないと思う。ぼくは小さい頃、ボール紙やいらない箱などを材料に工作をするのが好きだった。保育園から帰ってくると、父の店の一角を陣取り、ハサミとセロハンテープを使ってロボットや動物を作っていた。恐ろしく器用で家の中にブランコを作ったこともある父は、そんなぼくのたった一人の先生で、いつもぼくが作ったものに対して的確な批評をしてくれた。しかも「ここがよくない」「こうすればもっとよくなる」と実際に手を加えて改良までしてくれたのだ。ぼくは父に教わったことを真似して、次々と新しいものを作った。父は相手が子どもと言えど、面白くないものには面白くないと言う人だったので、褒められたときは本当に嬉しかった。

やがて父は持病のぜんそくが悪化して、あまりかまってくれなくなった。単に調子が悪いとしか聞いていなかったぼくは、母になだめられながらも一人で工作をし続けた。父が見てくれない工作は張り合いがなかったのを覚えている。店や家の中にもなんとなく重たい空気が流れていて、子どもながらに漠然とした不安を感じていた。

そしてあるとき、突然父が亡くなったことを知らされた。父は朝方にぜんそくの発作を起こして、病院の診察を待っているときに急変して亡くなったのだが、ぼくが父の死を知ったのは夜になってからだった。死というものをまだきちんと理解していなかった当時のぼくが、その訃報《ふほう》をどう受け止めたのかはわからない。でも、きっと見えないものが体に浸透するような形で影響を及ぼしたのだろう。ぼくはいつからか、自分の中に空白のようなものを感じるようになった。

おそらくその空白は、本来なら身近にいるべき存在が自分にはいないという欠落感から生まれたものだと思われる。ぼくは四十一歳で亡くなった父が、その後どんなふうに生きるのかを見ることができなかった。そして当然のことながら、父が大人になっていくぼくに対してどんなことを思ったのかも知らないままだ（まぁそれはたとえ生きていたとしても、知ることができなかったかもしれないけれど）。

そんなふうに父の不在によって空白を感じ続けてきたぼくは、三十三歳で一人の子を持つ親になった。世間的に見れば、自分は間違いなく父親になったわけだが、長年いないものとして付き合ってきた父と同じ立場に自分自身がなるというのは、なんとも変な感じがするものだ。

働いて家にお金を入れ、家事や育児に取り組むという父親としての役割をこなしていても、どこかで自分の心と体が一致しないように思えてしまう。家の中に愛すべき存在がいるのは確かだし、実際に息子に対して日々愛情を注いではいるけれど、父親というのは自分の世界にはいないものだという思い込みがあるからだろうか。自分がいったい何者なのかが、時折あやふやになってしまうのだ。

とはいえ、子どもが一歳になった今、その空白がほんの少しずつ埋まってきているようにも感じている。自分が親になったことで、知り得なかった父の気持ちを前よりも想像できるようになったし、四十一歳の若さで子どもを残して死ぬのがどれだけ無念でつらいことかも、今の自分なら理解することができるからだ。だからこの先も父親として生きていけば、ぼくが長年感じ続けてきた欠落感をある程度は埋められるかもしれない気はしている。父の死を克服する、というのは大げさだけど、ぼくにとっての子育ては、多分に自分を癒すためのものでもあるのだ。

それにしても、幼くして父を亡くしたのは、自分にとってすごく大きなことだったんだなとあたらめて思う。父が亡くなったことを知らされた夜、ぼくは悲しいというよりも驚いて大泣きし、そのまま泣き疲れて眠ってしまった。その後、どういうわけか悲しみや寂しさは湧いてこず、覚えている限り、父がいないことで涙を流したことはない。でも、それから二十五年後の三十一歳のある日の夜、妻と子ども時代の話をしているときに、急にふたが開いたみたいに父を亡くした悲しみが押し寄せてきた。ぼくは人前で泣きそうになったことに動揺しつつも、「親父にもっと遊んでほしかった」と自分でも意外な言葉を口にした。子どもの頃は言語化できなくて、感情そのものを閉じ込めてしまっていたのだろう。もっと早くに気づけばよかったのだが、たったそれだけの言葉を外に出すのに、実に四半世紀もの時間がかかってしまった。

できれば自分の子どもには、そういう経験はさせたくない。人生は何が起こるか予測がつかないものだけど、最低でも子どもが大人になって独り立ちするまでは、元気に生きていたいものだ。

お父さんにもなりたい　山崎ナオコーラ

前回の白岩さんの原稿には強く心を揺さぶられた。

「女の子の世界がいろいろと複雑であるように、男の子の世界も『男気とエロ』という大なわとびに入れなければ、指を差されて笑われてしまうところがある」というのは、わかる気がする。

テレビなどで見るお笑いの世界も「男気とエロ」がないと成立しない感じになっていて、お笑いが好きな私はよく疎外感を味わう。たとえば、ハイセンスな芸人さんがバカにされているのをよく見かける。それから、女性の芸人さんの多くが「男気とエロ」に馴染めることをアピールしている。画一的な男性観が蔓延《まんえん》する世界が構築されていて、「もっと多様な笑いがあっていいのになあ」とよく思う。もちろん、「男気とエロ」は悪いことではなく、素敵なことに違いないのだが、世界には他にも素敵な価値観が溢《あふ》れているわけなので、違う価値観でも笑い合えたり、その人らしさできらきらしたりできる社会になるといいなあ、と思うのだ。男の人の多様性を、女性側も努力して見つけていかなければならない。いろいろな男の人がきらきらできる社会を作りたい。

そして、後半では、お父さんとのエピソードが率直に綴《つづ》られていた。「父親という立場に興味がある」という白岩さんの気持ちの芯《しん》が垣間見られた。それを読んで、心がびりびりした。

自分の場合はどうだろう？　と改めて考えてみた。

さっきまで、「自分が現在行っている育児には、自分の親は関係していない」と私は思い込んでいた。私は家系図の中で連綿と続いてきた育児を引き継いだわけではないし、血縁だからという理由で子どもを育てているわけでもないし、個

人の力仕事として育児を行っているんだ、という意気込みでいた。

そして、私の母親は可愛らしいタイプで、私とは性格がまったく違う。私に対して行ってくれた育児にはもちろん感謝しているのだが、自分が育児を行う段になって、母を真似をしようだとか、母と自分を比べて考えようだとか、母からアドヴァイスをもらおうだとかといったことは、微塵《みじん》も思ったことがない。母も、進学や就職のときと同様、結婚や育児に関しても私に意見することがなかった。母自身の考え方を雑談の中で耳にしても、正直なところ、「へえ、お母さんはそう思うんだ。面白いなあ」という程度でスルーして、自分の考えに取り入れようとは全然してこなかった。育児の疑問は病院で聞くか、あるいは書籍やインターネット等で調べることが多い。

親と自分を比べる必要はない。でも、本当に自分は常にそうしてきただろうか？　ちょっと心に引っかかっていることがある。

私は、「三十五歳までに子どもが欲しい」という目標を漠然《ばくぜん》と抱いていた。それから、「三十八歳までに、あるいは子どもが三歳になるまでに、自分で稼いだ金で、一戸建てを建てたい」という夢を持っていた。どちらも叶えられなかったのだが、なぜそんなことを思っていたのかというと、父親が三十五歳のときに私が生まれたこと、そして父親が三十八歳で私が三歳のときに一戸建てを建築したことを、意識していたのだ。私は父を人生のロールモデルにしていたのではないだろうか。

父親が四年前にがんで亡くなってからは、「自分もがんで死にたいなあ」と思うようになった。がんは死の準備ができるし、悪くない死に方だなあ、と憧《あこが》れる。なんだ、やっぱり、私もやっていた。身近な大人の存在を、子どもは未来のモデルにしがちなものなのだ。家がどう、血縁がどう、ということではなく、身近な人が生育に影響しないわけがない。

作家としても、他の作家を意識している。私は子どもの頃から、文学全集や文庫などに付いている年表を見るのが好きで、「この作家は十七歳でこれを書いたのか」「四十歳でこれか」「七十歳で代表作を書く作家もいるのか」といったことをしょっちゅう考えていた。それで、「二十五歳までにデビューする」「三十歳までに十冊本を出す」と年齢で区切って目標を立てて過ごしてきた。

今でも、「この作家は、何歳のときにこれを書いたのか」「この年齢のときは、まだ貧乏だったのか」といったことをしきりに気にしてしまう。

谷崎潤一郎になりたい、金子光晴になりたい、穂村弘になりたい、長嶋有になりたい、といったことを常に考えてきた。江國香織や松浦理英子や藤野千夜などの作家にも憧れているが、多くの男性の作家に憧れてきた私としては、「女性が作家になった場合、どれだけがんばったところで、『女性作家』にしかなれない」と言われると、自分の夢を否定されたような、がっかりした気分になる。

ただ、誤解されたくないのだが、私は男性になりたいわけではない。江國さんのように「女性作家」として堂々としている人にも憧れている。つまり、女性らしさや男性らしさを大事にしている人を否定する気は毛頭なくて、そうではない人もいるから区分けはしないで欲しいというだけだ。決して、「女性は嫌だ、男性になりたい」なんて思っていない。そうではなくて、「性別にかかわらず、すべての人間に憧れていい」という社会を私は希望しているのだ。

私は妊娠中に、「母ではなくて、親になろう」ということを思いついた。これも、今から思えば、親になるときに母親像しかモデルにできない悔《くや》しさを感じたからかもしれない。親になるとき、父親をモデルにしたっていいのだ。私はコミュニケーション能力や優しさや美しさが劣《おと》っている代わりに、経済力や凜々《りり》しさをがんばりたいという思いを持っている。私は、お父さんにもなりたい。

4

だいたいはぼくが悪い　白岩玄

他人に期待しないからか、ぼくは普段あまり怒ることがない。でも、それはあくまでも友達や知り合いに対してのことで、家族となると話は別だ。できることなら夫婦仲良く穏やかに過ごしたいが、他人同士がひとつ屋根の下に暮らしているのだから、やはりときどきはケンカをすることもある。といっても、うちの場合は、八割五分くらいはぼくが悪い。

一年ほど前から、仕事の息抜きにテレビゲームをするようになった。最近はプレステ4のフォートナイトというゲームにはまっていて、ほぼ毎日のようにやっている。趣味らしい趣味もなく、仕事とプライベートの切り替えが下手くそなぼくにとって、頭を空っぽにできるものがあるのはいいことだ。ただ、子育てをしている妻にとっては、夫がゲームに夢中になっている状況はあまり喜ばしいものではない。

そのときも、ぼくは仕事の合間のリフレッシュという名目で昼間からゲームをしていた。最初はいつものように気持ちよくプレイしていたのだが、

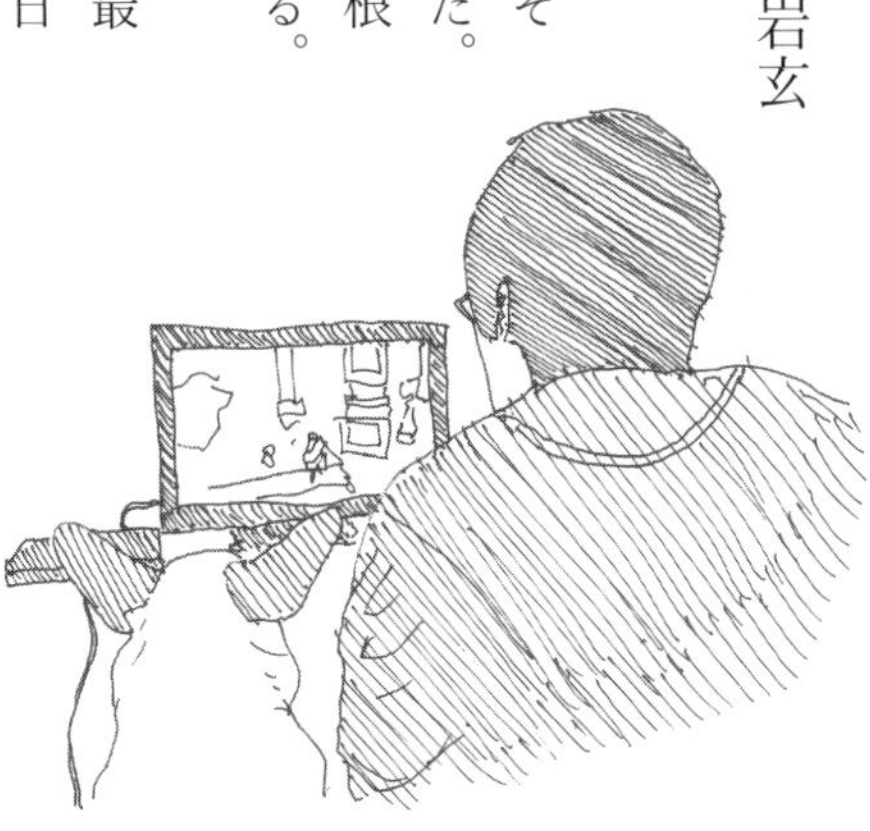

隣りで息子と遊んでいる妻の様子が何やらおかしい。ぐずる息子を抱き上げる顔が、明らかにふてくされている。

そういうとき、ぼくは素知らぬフリをすることができない。自ら危険地帯に足を踏み入れるように、どうかしたのかと訊いてしまう。すると妻は、最近ぼくがゲームするのをよく思っていないということを口にした。あなたは好きなときにそうやって息抜きをするけれど、育児をしている私には自由な時間がほとんどないと言うのだ。

ぼくは突然のクレームに戸惑いつつも、自分の楽しみに水を差されたことにムッとした。そして、その怒りを正当化するための理由を、口をとがらせながら次々と並べ立てた。別にぼくは何もせずにゲームばかりしているわけじゃない。これは仕事の合間の息抜きだし、自分で言うのもなんだけど、在宅で仕事をしている分、家事や育児だって一般家庭の父親よりもやっている。こうして書くと、我ながら情けない反論の仕方をしているなと呆《あき》れてしまうが、夫婦間でとっさに出てくる言葉なんてそんなものだ。ぼくはなんとかして自分を守ろうと、声と態度に三割くらいの怒りを込めて応戦した。

しばらくは互いの言い分が平行線を辿《たど》っていたが、やがて時間が経つごとに、ぼくは自分が間違っていることを認めざるを得なくなった。なぜならどう考えても妻の言い分の方が筋が通っていたからだ。妻は自由な時間がないことを怒っていたわけだが、実際ぼくが息子の面倒をみているあいだ、妻はいつも何かしらの家事や用事をしていた。息子が寝ているときしか休めない彼女にすれば、日中、自分のタイミングで息抜きができるぼくは、「いい身分ですねー」

と皮肉を言いたくなるような存在だっただろう。

それに、よく言われているように、女の人は瞬間的な感情で怒っているわけではない。男の人が気づいていないイライラの積み重ねがあって、その限界を超えたときに怒っているのだ。だから、ぼくは、おそらく相当前から妻の横で無神経にゲームをして、そのたびに彼女に我慢をさせていたのだと思われる。

結局、ぼくは全面的に非を認め、話し合いの末にゲームは子どもが寝ているときのみしていいことになった。まるで小学生が親と交わす約束みたいで恥ずかしい限りだが、それが現に今、我が家で適用されているルールなのだからしょうがない。それに、もっと厳しい奥さんだったら、当分ゲーム禁止になっていてもおかしくないのだから、処罰としてはかなり軽い方だろう。

そんな感じで、我が家のケンカはたいていぼくに非があるのだが、妻に我慢をさせていたのはゲームのことだけではない。つい先日も、一歳の息子の頭の形にかんすることで、妻とちょっとしたケンカになった。

息子は出産の際に吸引されたのが原因で、頭の形が歪《ゆが》んでいる。具体的には、左側の後頭部が膨《ふく》らんでいて、ぱっと見はわからないのだが、じっくりと観察すると、「たしかに……」と納得するくらいには変な形をしている。そのことを妻は以前からずっと気にしていたのだ。特に最近、息子は髪を短くしたので、前よりもそのいびつさが目につきやすくはなっていた。

それでその日も、息子の頭の形が悪くないかと妻が意見を求めてきた。彼女はぼくに共感してもらうことで、夫婦でその悩みを共有したかったらしい。でも、ぼくは正直、頭の形なんてたいした問題ではないと思っていたから、ほとんど聞き流すかのような、いい加減な返答をした。妻はぼくのそういう無関心さが嫌だったみたいだ。訊いたのが間違いだったと言わんばかりにため息を吐《つ》いて、あなたはいつも息子のことを本気で心配してくれないと不満を漏《も》らした。

そこからは、もうさっきと同じだ。まるで息子のことなんかちっとも気にかけていないかのような言い方をされたことにぼくが怒り、またしても互いに平行線を辿る言い合いが始まった。頭の形なんて気にする必要はない。それが病気につながったり、誰が見ても治療が必要なレベルなら何かしら方法を考えるけれど、そうでなければ放っておけばいいじゃないかとぼくが言えば、妻はどうにもならないことならともかく、親の努力でどうにかできるところはしてあげたいと訴えてくる。そんなことを今さら言ってもしょうがないじゃないか。直すならもっと月齢の早いうちに直さないと、一歳になってからじゃどうしようもないんじゃないの？　だから前から何度も言ってたでしょう？　なのに全然気にしてくれないから……

夫婦喧嘩というのは、傍《はた》から見ると本当にしょうもないものだ。ぼくらはその後も、わざわざここに書くのも憚《はばか》られるような言い合いをしていた。きちんとした人間関係は、そんな頭の形ごときで揺らぐようなものじゃないのだから気にしなくてもいいとぼくが言い、将来学校の部活動で丸坊主にしたときに可哀想だと妻が言い、それを気にする程度の気持ちなら部活なんかやらなくていいとぼくが返したりした。

でも、そんなふうに争ってみたところで、結局は妻の言い分が正しいのだ。汚い泥をぶつけあうような言葉の応酬《おうしゅう》をしているときも、ぼくは自分の方が分《ぶ》が悪いことに気づいていた。そもそもぼくがカチンときたのは、妻に指摘されたことが図星だったからだ。ぼくは息子の頭の形を直すことにかんして本当に何もしてこなかった。妻がドーナツ型の枕を買って、なんとか頭の形を整えようと努力していたときも、たいして興味を示さず、夫としてその問題に向き合おうとしなかった。妻の言うように、ぼくは息子の気持ちになってものを考えるということをしてこなかったのだ。その負い目があったから、ぼくはゲームのときと同じように、自分を守るための屁理屈《へりくつ》をこねていた。

第三者に意見を求めなくても、どちらが悪いかは明らかだった。ぼくは妻や息子に対する気遣いや思いやりが足りていないのだ。そう思うと、なんだか自分が父親失格であるような気がしてくる。子どものことをきちんと考えていない人間が、育児エッセイなんて書いていていいのかという気持ちになる。

恥ずかしい話だが、ぼくはその程度の父親だ。気分よく生活していると、妻を我慢させていたり、息子をないがしろにしていたりする。だからそのつど反省してあらためようとはするのだが、しばらくすると頑固な寝癖みたいにまた元に戻ってしまう。本気で直そうという気がないんだろうか？　自分でもよくわからない。

ちなみに、ここまでの内容を妻に読んでもらったら、こんな書き方をしたら私がいつも怒っている人みたいじゃないかと言われてしまった。うん。まぁ本当に、こういうところを直さなくてはいけないんだなと思う。

外に繋がる糸を片手に　山崎ナオコーラ

夫婦に限らず、親子でも、義理の親子でも、ルームメイトでも、同居していると、ケンカとまでは行かないにしても、ある程度のいざこざは起こるものだ。あるいは、どちらかが相手に対して、心の内に不満を持つ。要は、距離が近すぎるのだろう。

金の問題があるから簡単にはできないことだが、夫婦関係の悪化に際して、「広い部屋に住む」というのもひとつの手だ、と聞いたことがある。

確かにそうだ。近いといらいらすることでも、遠くだったら気にならない。目の前でゲームをされたら腹が立っても、「どうやら、山の向こうでゲームをやっているらしい」という雰囲気が漂ってくるだけだったら、笑えるかもしれない。家事の分担問題も、「夫婦

だ」と箱に入れて考えるから問題になるのであって、「夫婦じゃない」と思えば問題にならない可能性もある。離婚後に仲良くなる元夫婦が多いのは、小さな枠から解放されるからかもしれない。

以前、魚類学者のさかなクンが、いじめ問題について「広い海に出てみよう」というエッセイを書き、あちらこちらで賞賛された。魚は広い海の中ではいじめをしないのに、小さな水槽に入れると、一匹をみんなでつつき出すのだそうだ。その魚を別の水槽に移すと、今度は他の魚にターゲットが移り、またいじめが起こるという。だから、広い海に出てみましょう、という内容で、私も、すごくいいエッセイだと思った。

また、人間の集団におけるいじめは、どんなグループの中でも起こってしまうものらしいのだが、『他の様々なグループに属している者同士が集まって作ったグループの場合は、いじめが悪化しにくい』という研究結果がある」と何かの記事で読んだ。つまり、塾や地元や部活やクラスなど、別々の世界をみんなが持っていると、命が際《きわ》どくなるところまでは行かずに、助かる確率が高くなるのだ。「ひとつのグループだけに固執する人で集まっていて、みんなが他に居場所がない」という場合は、いじめが悪化してしまう。マンガなどでは「他に居場所がない者同士でチームを組み、強い絆《きずな》を作る」という形の仲間が美しく描かれがちだが、私はあれを怪《あや》しんでいる。「チームや仲間を作るからいじめが起こるんだ。いろいろな人と別々に友情を築け」と思う。

夫婦ゲンカはいじめとは違うけれども、人間関係のいざこざではあるから、ちょっとだけ共通点はある気はして、つまり、「できるだけ広い場所で、距離を作りながら付き合う」ということや「それぞれが、家族とは違う繋がりも持っている。別のグループにも属している」ということが、助けになりそうだな、と考えている。

それで、それぞれが仕事や趣味や友人などの世界を持っていると、夫婦もうまくいくんじゃないかな、と思うわけなのだが、育児中は、なかなか他の世界へ行けない。特に産後は、仕事にも趣味にも友人にも一秒も割かないで数ヶ月を過ごす場合もある。「部屋を広く」と言われても、節約したい時期だし、狭い部屋のメリットも捨て難い。また、赤ちゃんにとって危険が少なくて居心地が良さそうなスペースを作って、自分たちも常に赤ちゃんを気にしながら家事も休憩も同じ場所で行う、という家族もたくさんいるだろう。

どうしても、夫婦ゲンカが起こりがちな環境になる。

よく「産後問題」を、『育児の大変さ』に対して理解のない夫」や、「育児や家事をきちんと分担しない夫」のせいで起こっていると捉えているシーンを見かけるのだが、私はそればかりではないと思っている。

夫がどうの、というよりは、育児者が小さな世界にはまっていること、社会全体で育児ができていないことの方が問題だ。

虐待のニュースがあると、「母親が人間失格だ」「ちゃんと母親をやれ。できないなら産むな」といった意見が溢れるが、育児も虐待の問題も、母親ではなく、子どもを主語にして考えた方がいい。子どもは、母親がいなくても大丈夫で、ただ自分を助けてくれる存在を待っている。母親が産後うつで育児ができなさそうなら、まず隔離して、第三者が介入することが子どもを幸せにするだろう。「社会全体での育児」という概念をみんなが持てるようになったら、変わっていくことも多いのではないか。

「夫婦で話し合って、理想の『家事や育児や経済の分担』ができたら、幸せになれる」というのは幻想だ。それよりは、外に出た方がいい。

そういう私も、新婚の頃は間違った考えを持っていた。

「夫婦というものは、とにかく二人で話し合い、平等に幸せと不幸を分け合い、家事と経済を分担するものだ」と思い込んでいた。

私は結婚時に、「収入の割合通りに、家事分担をしたい」と訴えた。夫にたくさん家事をやってもらおうとしたのだ。夫はいい人で、家事を覚えようとがんばってくれた。だが、夫の仕事は勤務時間が長く、休みも少ないので、本人にやる気があっても限界がきて、フリーランスで自宅でできる仕事をしている私の負担の方が結果的に多くなり、理想と乖離した。

また、里田まいとマー君の関係に私は憧れ、夫に対して「里田まいになれ」と強要した。本当の里田がどういう人かを知らないのだが、メジャーリーグで活躍する野球選手の夫を信じ、いつも笑顔で家に迎え入れ、料理で応援する、というイメージを持っていた。ああいうふうになれ。「私のことを、ノーベル文学賞かイグノーベル文学賞をいつかもらうような偉大な作家だと信じ、いつもにこにこして応援しろ」と言った。

私の収入はささやかなものだ。ただ、書店員はとても立派な仕事なのだが、業界の事情で、割と低所得なため夫よりは私の収入が多い（収入というのは、仕事の立派さとは無関係なのだ）。私には地位や名誉や優しさや美貌などの長所がなく、収入しか結婚において相手に捧げられることがなかったので、それを振りかざしたくなっていた。

「家事をやれ」と言われ、「精神的支柱になれ」と言われ、夫は疲弊《ひへい》し、私との関係は悪化した。

しかし、ある人から、「どちらが稼いでいるかなんて、どうだっていいじゃないの」と指摘され、私は目が覚めた。

他人と自分を重ね合わせることのくだらなさにも次第に気がついた。マー君と自分は違うし、里田と夫も違う。そして、世間の平均の妻よりも夫を収入面で支えているとしても、「平均より上」と考えることになんの意味があるのか。他の夫婦たちは、私たちにまったく関係がない。私が拘泥《こうでい》していたことは、すべてがくだらなかった。バカな理想は捨てることにした。

「分担」や「役割」や「収入」の概念も捨てた。

現在は、私は家事も育児も、分担しようと考えていない。今のところ、私の方が家事や育児の負担は大きく、また、効率的ではない方法をたくさん取っている。でも、私と夫はチームや仲間ではないし、ましてや会社の上司と部下ではない。平等や効率は考えない。お互いに精神的にも身体的にもできるだけ健康に生きていけたらいいというだけだ。だから、将来、私が家事や育児の負担が大き過ぎて調子を崩しそうになったら、分担が不平等になっても夫にすべてを負担してもらおうと思うし、逆に夫がやばくなったら、私が百パーセントを担当したい。いや、百パーセントは大変だろうから、第三者に頼ることも考えたい。

この先、時間や精神力がなくなって、外との繋がりが薄くなる時期になったら、紐《ひも》じゃなくて糸にしてでも、外との繋がりを細く長く続けるようにして、外には広い海があることを家の中でも忘れずに暮らしていきたい。

5

黙らざるを得なくなる　白岩玄

前回、山崎さんが言っていた「外とのつながりは大事」というのは、本当にその通りだと思う。ぼくは妻の妊娠を機に、二年前から彼女の実家がある愛知県の東の方に住んでいて、友達も知り合いもいないのだけど、趣味のゲーム友達がいる。そのつながりにずいぶん寂しさやストレスを軽減してもらっている。

もともとは、妻が地元の友達と食事をした際に、その人の旦那さんがぼくと同じゲームをしていることがわかり、今度一緒にやらないかと誘われたのがきっかけだった。それが今では、その彼の友達や職場の後輩も加わり、四人でひとつのチームを組んでオンラインのゲームをしている。マイクつきのヘッドフォンで喋りながらやるので、ずっと声だけの付き合いだったのだが、ついこのあいだオフ会をして、初めてみんなと顔を合わせた。声しか聞いたことがない人と直に会って話すのは照れ臭かったが、非常に楽しい時間を過ご

したし、お互いの仲もより深まったように感じた。

とはいえ、近頃のぼくの外のつながりはそれだけだ。東京を離れたことで、プライベートの友達や同業者とも会わなくなってしまった。出不精《でぶしょう》で家にいるのが苦にならないので、そこまでつらさを感じてはいないのだけど、子どもが産まれてからというもの、外とのつながりが希薄化しているなぁと思う。妻は同じ子持ちの友達とちょくちょく会ったり、メールのやりとりをしたりしているのに、自分は子どもを介したつながりが本当に皆無なのだ。

でもまぁそれは、ある程度は仕方のないことなのかもしれない。男友達でお互いに子どもがいたとしても、子育ての情報交換をするなんてことはないからだ。子どもが産まれたよ、くらいの報告はし合うが、妻のように日々の育児についてメールを交わすことはない。そして、それは育児をしていないからではなく、子育てをごく当たり前のものとしてやっている男の人同士でもそうなのだ。ぼくの周りにいる、育児に主体的に取り組んでいる男性たちは、おそらく主に妻としか子育てのことを共有していない。おまけに子連れで友達に会うときも、そこには妻の同伴が必須になる。パパサークルにでも入らない限り、父親同士で集まるなんて絵は想像できない。

もちろん、そういったことが本当にしたいのかと問われると、自分でもよくわからない。ただ、どこかで、それはやりたい気持ちがないのではなくて、そんなことをするのは変だから、あらかじめ願望を捨てているようにも思えるのだ。実際に男同士でお互いの子どもを連れて会ったとしても、自分たちが奇妙なことをしている感覚が拭《ぬぐ》えないだろうし、周りの目も気になるからやらないという道を選んでいるような気がする。だから、もしそういったことが世の中で当たり前に行われるようになったら、ぼくもしたいと思うかもしれない。

さらに言えば、友達だけでなく、子どもを介した地域や社会とのつながりも、男性は持ちにくいように思える。子どもを持つことで世界が広がるのは確かなのだが、その一方で、男性が育児の現場にいると、性別による壁を感じることがあるのだ。

たとえば、以前、息子の予防接種を受けに行ったときに、年配の看護師さんがずっと妻にだけ話しかけるということがあった。ぼくも横にいて質問したり、注射で泣いた息子を抱っこしてあやしたりしていたのだが、どうもその女性の中には「あなたはただの付き添いでしょう」という偏見があるらしく、帰り際も「がんばってね、お母さん」と妻だけを励ましていた。

こうした男性蔑視《だんせいべっし》は、ぼくの実感だと中年の女性に多い。彼女たちは自分が一人で育児をしてきたからこそ、男性は育児をしない生き物だと決めつけてしまっているように思える。人間は自分の経験を元に目の前のものを判断するから、いかんともしがたいところもあるのだろうけど、そうした偏見を押しつけられるたびに、自分が透明人間になったような気持ちにはなる。

他にも、ぼくは妻が用事で出かけているときに、児童館に息子を連れて行くのだが、ついこのあいだ、二歳くらいの女の子がぼくにおもちゃを渡そうとしてきたので受け取ったら、その子の母親が、まるで不審者から守るかのようにぼくの前から女の子を連れ去ったことがあった。ちょっと啞然《あぜん》としたのだけれど、児童館に来ていた男の人はぼくだけだったし、そんなに小綺麗な格好をしていなかったから、その母親は（いくら子どものいる父親とはいえ）見知らぬ男性を娘に触れさせたくなかったのかもしれない。世の中には、男性の保育士に娘の世話をしてもらうのは抵抗がある人もいるという。ぼくは男女差別ではないのかと思う反面、自分の子どもを守りたい気持ちはわからなくもないので、何も言えなくなってしまう。

これは二児の母親である姉に聞いた話なのだが、幼稚園では共働きの多い保育園と違ってママ同士のつながりが強いため、たとえば専業主夫の人がその集団の中に入っていくのはけっこう難しいことらしい。もちろん多くのママたちは、それぞれの家庭の事情に理解を示して、普通に接しようとしてくれるみたいだが、中にはあからさまに壁を作る人もいるようだ。しかも、そういった差別をしない人でも、お互いのパートナーに気を遣うという理由から、親しいママ友のようにはなれないそうで、そうなると、専業主夫の男性はどうしても孤立してしまいがちになる。中には、するすると仲良くなってママたちに溶け込む男性もいるようだが、やはりそういうのは特殊な才能と言った方がいいだろう。

男性は育児の世界では、外のつながりを持ちにくい現実がある。そして、そこでは、女性たちが無意識に作ってしまう壁が、思いのほか影響を及ぼしているのではないだろうか。

少し前に、ツイッターで「#イクメンフォト２０１８」というタグが作られたことがあった。父親が子どもと遊んでいる写真をアップして、互いに見せ合おうという趣旨なのだが、この取り組みに対して、主に女性たちからたくさんの非難の声が上がった。「普段ろくに育児をしていないくせに（なぜそれがわかるかは謎だが）、ちょっと子どもと接しただけで父親をきどるな」とか「自分で写真をあげるなんて、イクメンアピールにしか見えない」など、多くの女性が育児を一方的に押しつけられている現状の中で、男性が育児をする自分に酔っているように見えたのが責められた理由だったのではないかと推測する。ぼく自身もイクメンという言葉はあまり好きではないので、他にもっといいタグの付け方があったんじゃないかと思うのだけど、そんなふうに気軽に外とつながろうとする行為すらも検閲されるとなると、さすがにそれは息苦しくないかと、写真をアップした男性たちに同情してしまう。

でも、ぼくは、だからと言って女性を責められないとも思うのだ。なぜならこうした問題は、そもそも男性が女性に育児を任せきりにしていることから起こっている。男性同士が子連れで会わないのも、育児の現場で軽視されたり差別されたりするのも、ＳＮＳでの些細《ささい》な投稿が炎上するのも、世の男性がもっと当たり前に育児参加をしていれば起こり得ないことだ。だから、ぼくは育児をしていて性別の壁を感じるたびに、言葉が出てこなくなってしまう。自分は言える立場にないし、というか、たぶん、男性のぼくにできるのは、少しでも周りの人に認めてもらえるように、日々の育児を坦々《たんたん》とこなしていくことなのだろう。

男性蔑視にどう対応するか　山崎ナオコーラ

白岩さんが前回に書いていたことのすべてに、もっともだ、と頷《うなず》いた。

そして、育児シーンにおける男性蔑視に接したときに「何も言えなくなってしまう」と言葉を飲み込む白岩さんや男性の育児者に対して、そんなふうに感じさせてしまって申し訳ない、と思った。

当たり前のことだが、育児は楽しい。そして、仕事も楽しい。もちろん、育児にも仕事にもつらく苦しい面がある。しかし、育児欲や仕事欲のようなものが育児中や労働中に満たされるし、たとえその行為を弱音や愚痴《ぐち》を吐きながら行っていても、喜びも同時に感じているという人が多数派だろう。

でも、どういうわけか現代には、「人間は、仕事は自発的にやりたがるが、育児は誰かから押しつけられて仕方なく行う」というイメージが蔓延《はびこ》っている。

それで、男性たちが、「これまで、女性たちも本当は仕事をしたかったに違いないのに、育児や家事を押しつけて、就労のチャンスを奪ってしまって、悪かったです。これからは、仕事をやってください」と反省したり謝罪したり応援したりしてくれるようになった。

ここで女性も、「これまで、男性も本当は育児をしたかったに違

いないのに、仕事を押しつけて、育児や家事をするチャンスを奪ってしまって、悪かったです。これからは育児や家事をやってください」と反省したり謝罪したり応援したりするべきだろう。けれども、「男性は強者で、簡単には傷つかない」という感覚を持つ人が現在でも多く、男性に対してきつい態度を示したり厳しい言葉で責めたりすることは、女性は弱者なのだから仕方ないことだ、という考え方がまかり通っている。「女性に仕事ができるわけがない」と言われたら怒るのに、「男性に育児ができるわけがない」と平気で言ってしまう。

私は白岩さんより五歳ほど年上だが、私ぐらいの世代は、子どもの頃に「女性の社会進出」「女性の地位向上」といったフレーズを世間で盛んに耳にしていて、学校でも女の子の意見が尊重されていたような気がする。とはいえ、これは統計を取ったわけではなく、私個人の感覚なので、「自分もナオコーラと同世代だけど、違う。女性はずっとないがしろにされていた」と言われてしまえばそれまでなのだが……。でも、これはエッセイなので、作者の個人的感覚を正直に書くことが一番大事だと思う。だから、とりあえず私の感じたことを書く。

そして、大人になってからも、私の周囲に限っては、女性の意見が通りがちで、男性が萎縮《いしゅく》しているみたいだな、というシーンは結構多かった。また、飲みの場も、私の周りでは、女性が仕切ることが多く、「女の人の方がたくさんお酒を飲むのに、なんで割り勘なんですか？」と後輩の男性から質問された覚えがある。その音楽サークルには酒を飲む女性が多かったので、そういう考えも出てくるんだなあ、と思った（ただ、性別ではなく、飲む人飲まない人で支払いに差をつけるのが正解だったと今となっては思う）。私より少し前の時代には男女雇用機会均等法がなく、大多数の人の収入にはっきりと性差によるものがあったから、飲む飲まない、働いている働いていないに関係なく、男性がたくさん払うのがマナーだったようだ。学生同士でも、同じような仕事をしている仲間内でも、「男性だから」という理由で多く出すことがあったみたいだ。でも、少なくとも私は、「男性だから」という理由で多く払ってもらった経験は一度もないし、それで自分の価値が下がったなんてまったく感じない（べつに、おごってもらう価値観に反対したいわけではなくて、私の場合は、そういう感じに育った、というだけの話だ）。ただ、雑誌をめくると、「友だち同士でも、男が多めに払うべき」「少なくとも、婚活シーンでは、男性がおごるべき」といった価値観もたくさん書いてあった。だから、やっぱり、私だけの話かもしれない。

作家になってから、同世代の作家仲間と集まって食事をする機会もたくさんあるようになった。するとやはり、男性の作家は白岩さん始め、優しい人が多かった。中村文則さんや羽田圭介さんもかなり優しい。気を遣って言葉を飲み込んでくれるので、こちらが強く言いすぎることがないように気をつけなくてはいけないな、と思うようになった。

ちなみに、うちにいるもうひとりの親も優しい性格で、自己主張が少ない。だから、「相手が男性だから、強めに言っても平気」「女性である自分の方が弱い立場だから、がんばって自己主張しないと」と考えたら、かなり危険な状況になってしまう。

これは、決して「男性は気が弱い」「女性は気が強い」という特性が性別にあるわけではなくて、「男性はこれまで女性を虐《しいた》げてきたのだから、これからは女性を尊重するんですよ」「女性は、これからはしっかり自己主張をするんですよ」という教育を受けてきた世代の風潮なのかな、というふうに想像している。

育児をするようになって、白岩さんが前回に書いていたような男性蔑視を、病院や公的機関や育児用品店で感じることは私にもたくさんあって、でも、私と同世代の男性たちが、それに対して「怒りにくい」と感じるだろうな、というのも想像できる。

そして、私よりも上の世代の男性は、「男性は大黒柱になれ」「男は強くたくましく、人前で涙を見せるな」という教育を受けていたから、そうならざるをえなかったのではないかな、というのも想像する。そして、その時代に、そういう男性と対峙《たいじ》するとき、普段は堪えて優しく接していても、自分の分野では、女性はがんばって大きな声を出さなくてはならなかったのではないか。特に育児シーンで、普段は育児に関わっていないのに急に意見を言ってくる強くたくましい大黒柱の人に対し、育児者の女性や、育児を援助する仕事をしている女性は、強めの態度で男性と接することでしか子どもを守れないと思ったのかもしれない。病院や公的機関などで出会う、その仕事のベテランといった感じの、自分よりも世代が上の女性が、男性に対して厳しいのは、そういうことなのかな、と考える。

誰が悪いというわけではなく、どれが正解というわけでもなく、それぞれの時代に、それぞれの教育があって、いろいろな人が、様々な価値観で生きている、ということなのだろう。

6

「競争」や「席取り」について　山崎ナオコーラ

子どもが初めて喋った言葉は「ぞう」だった。それを友人たちと食事しているときに言ったら、

「ぞうを見たの？」

と作家の友人から聞かれた。

「いや、たぶん、公園の遊具（ぞうの鼻の部分が滑《すべ》り台《だい》になっている）や、絵本に出てくるキャラクターで覚えたんだと思う」

私が答えたら、

「そしたら、本物のぞうを見たら、『これじゃない』ってなるかも？」

と別の作家の友人が言うので、みんなで笑った。

確かに、子どもはぞうを可愛らしい存在と捉えている感じがする。目が小さくて肌ががさがさなリアルなぞうを見たらびっくりするかもしれない。写真でもちょっと見ているが、たぶん大きさはわかっ

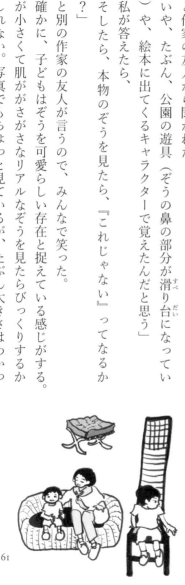

ていない。「大きくて怖い」と思うかもしれない。

それで、後日、もうひとりの親と子どもと三人で動物園に行った。上野動物園はパンダ誕生で盛り上がり、かなり混雑していた。ぞうの前にもたくさんの人がいて、一番前でしっかり見るのはなかなか難しかった。それでも、しばらく待ってから隙間から覗《のぞ》いた。このときの子どもは一歳過ぎくらいで、まだベビーカーに乗っていて、二歳になった今ほど活発ではなかった。ぞうに対して、子どもは大したリアクションを取らなかった。ふーん、という感じだった。

「まあ、こんなものか」

そのあと、昼食をとろうとカフェテリアのようなところに行ったら、満席だった。セルフサービスで商品を買ってから席を取るシステムみたいだが、たくさんの人が席を狙《ねら》っている。ほとんどが家族連れだ。空きそうなテーブルに近寄っていって、

「ここ空きますか?」

とニッコリしながら声をかけ、前の人たちが立ち上がったらすぐに座る賢い人もいた。「そうか、ああいうふうに、コミュニケーション能力が高い人が座れるのが、育児シーンなんだな」と私は思った。こういう感じのことが、子連れの外出でよくあった。にこにこしながら周りと上手くコミュニケーションを取ることで、円滑《えんかつ》に席が取れる感じだ。私にはこれができない。他にも二箇所ほど園内に食事ができる場があったがどこも混んでいたので、私たちは園内での食事をあきらめ、動物園を出て、外のコンビニで買ってきたサンドウィッチを不忍池《しのばずのいけ》のベンチでもそもそ食べた。

その後も、こういうことはよく起こった。子連れでレストランに入るのは大変なので、外出時にフードコートを利用するときがある。フードコートとは、ショッピングセンター内などにある、いろいろな店（主に、ラーメンやカレーなどのファストフード店）が集まっている広場で、セルフサービスで料理を購入したあとに席を取って食べるシステムのものだ。安価だし、うるさくしても怒られず、汚しても自分で拭けばそんなにマナー違反とは受け取られず、子連れに優しい。ただ、休日の昼時のフードコートはひどく混む。私は、安っぽい雰囲気とか、汚いのとかは全然気にならないたちなのだが、「席取り」だけはつらい。食べ終わりそうな人の前で待っている人がいたり、子ども用椅子の争奪戦があったり、殺伐《さつばつ》としている。私は今も、混む時間を外してフードコートに行くことはあるが、満席のときはすぐにあきらめてしまう（余談だが、この前、フードコートへ家族と行き、ノーメークで花まるうどんを食べていたら、『ナオコーラさんですか？』と声をかけてくださった読者がいた。拙著《せっちょ》をいろいろ読んでくださっている奇特な方で、雰囲気も素敵な方で、大変ありがたく嬉しかったが、『ノーメークで花まるうどんを食べているときに人から声をかけられることもあるのだな』と身が引き締まった）。

とにかく、こういった「席取り」に我々は何度も失敗した。外出の際、下調べも下手だし、要領も悪かった。向いていないことがわかった。

「もう、うちらは、今後いっさい『競争』や『席取り』はがんばらないことにしよう。参加せざるをえない『競争』や『席取り』はあるから、一応、参加はするけれど、がんばらない。発表会とか運動会とかも、いい席から子どもを見なくていい」

「そうだよね。席が取れなくても、他の子が席を取れているわけだし、それでいいよね」

ともうひとりの親と話し合った。

育児中、「競争」や「席取り」のシーンに何度も出くわす。

保育園への入園申請も小さなパイの取り合いだし、発表会や運動会は写真の撮りやすい席の取り合いだ。私のところの子どもは現在二歳なのでまだだが、もっと年齢が上がるとテストや部活や受験などでも順位や当落を味わうだろう。

愛とはなんだろう？　と考える。

その存在が、他の存在よりも抜きんでて素晴らしくなるのを望むことだろうか？

いや、そんなことはないだろう。他の存在に関係なく、その存在を愛おしむことではないだろうか。順位や席の良さや当落で愛が揺らぐことはない。

今の日本社会には、自分自身のために他の存在を押しのけたり、無理やりにでも自分が前に出ようとしたりするのははしたないことだとされているのに、愛する存在のためにそれをするのはむしろかっこいいことだとする視線がある気がする。

でも、たとえ子どものためでも、そういうのははしたないんじゃないか、と私は思ってしまう。

席が取れなかったら、嫌な思いをするし、やりたいことをあきらめることになる。仕事ができなかったり、いい写真が撮れなかったり、食事ができなかったりする。

でも、自分のところの子が席を取ったら、他の子がそういう嫌な思いをするだけなわけで、

「競争」や「席取り」が周囲を明るくする建設的なこととは捉えがたい。

ただ、私のこういう感覚は、スポーツをがんばった経験がないゆえに湧いたことかもしれない。

スポーツ系の部活やサークル、あるいは吹奏楽部などもそうかもしれないが、「ライバルに勝とう」と努力したり、「選手として指名されたい」として練習したりする。そのことによって、精神が鍛錬《たんれん》されたり、技術が磨《みが》かれたり、能力が向上したりする。そして、その結果、負けた場合や、選ばれなかった場合も、それはそれで得るものがある。負けの美学を学んだり、勝者を賞賛するマナーを覚えたり、我慢する心を手に入れたりする。

私はこういうことを一切やってこなかったものだから、「競争」や「席取り」の良さを知らないだけかもしれない。

文学は、スポーツと違って、ルールがないし、技術があんまりものを言わないので、明確な勝ち負けや順位は付けられない。

ただ、「競争」や「席取り」といった雰囲気が皆無かというと、そこまでではない。明確なものはないが、雰囲気はある。私は「競争」や「席取り」が嫌いと書いたが、自分の作品が掲載された文芸誌を見て、「表紙の文字が小さい（掲載された作品のタイトルや作者名が表紙に載ることがあるのだが、大きさがまちまちなのだ）」「目次の順番が後ろの方だ（べつに良い作品順に掲載しているわけではないだろうが）」と、つい、思ってしまうときがあった。文学賞の当落でも、「あー」と心がぐらぐらした。だから、達観はできていない。「競争」や「席取り」で心を駄目にする弱い人間のままで、「競争」や「席取り」を嫌っている。がんばらない、と思っているのに、負けるとぐらぐらする。ただ、現状の自分は気にしてしまっているが、それは本来の文学者のやるべきことではなくて、本当の文学シーンには「競争」も「席取り」もない、と信じている。気にしない人に、これから成長したい。

「同世代の作家の友人たちと仲が良く、しょっちゅう遊んでいます」

と言うと、嫌な顔をされることがある。

昔の文豪みたいに殴り合って欲しいのかもしれない。

上の世代から、もっと孤独の中で努力しろ、他を蹴落《けお》とせ、と言われる。若い編集者さんに、「なあなあ」といった言葉で批判されたこともあった。

ただ、「競争」や「席取り」をがんばるのは、現状のルールを肯定することだと思うのだ。がんばるのはもちろん素晴らしいし、現状のルールを肯定することはなんら悪いことではない。

でも、文学の仕事は別のところにあるはずだ。新機軸を打ち出すところにあるはずだ。

だから、「競争」や「席取り」なんてがんばる必要はない。小さなパイの取り合いに必死になることなく、文学シーン全体を盛り上げようと、仲良く仕事をすればいい。自分が席を取れなくても、他の人がその席でいい仕事をするのなら、文学シーンにとって良いことだし、もっと言えば、うちらの世代で新機軸を作って、新しい文学を見つけたい。

そんなことを考え、育児シーンでも、私の場合は、「競争」や「席取り」をがんばらなくていいいや、と思うようになった。

競争に勝とうが負けようが　白岩玄

結婚する前、大晦日《おおみそか》に妻とディズニーランドのカウントダウンショーを観に行ったことがある。ディズニー好きの友達カップルと一緒に行ったのだが、寒い中、昼過ぎからゲートの前で場所取りをして、夜になってゲートが開くと、入場した人たちが一斉に走りだす。カウントダウンのショーを少しでもいい場所で観るために、全員が必死でシンデレラ城を目指すのだ。カップルは、たいてい脚の速い男の方がなりふり構わず走っていたので（一緒に行った友達はあっという間に見えなくなった）、ぼくもその雰囲気にのまれて一旦《いったん》は走りかけたのだけど、なんだか気後れを感じてすぐに足を止めてしまった。妻も同じような気後れを感じたらしく「いいよ、走らなくて」と首を振った。結局ぼくらは早々にレースから脱落し、みんなが場所取りをしているがためにガラガラになった園内で人気のアトラクションを代わりに楽しみ、たいしてよくもない場所で年越しの

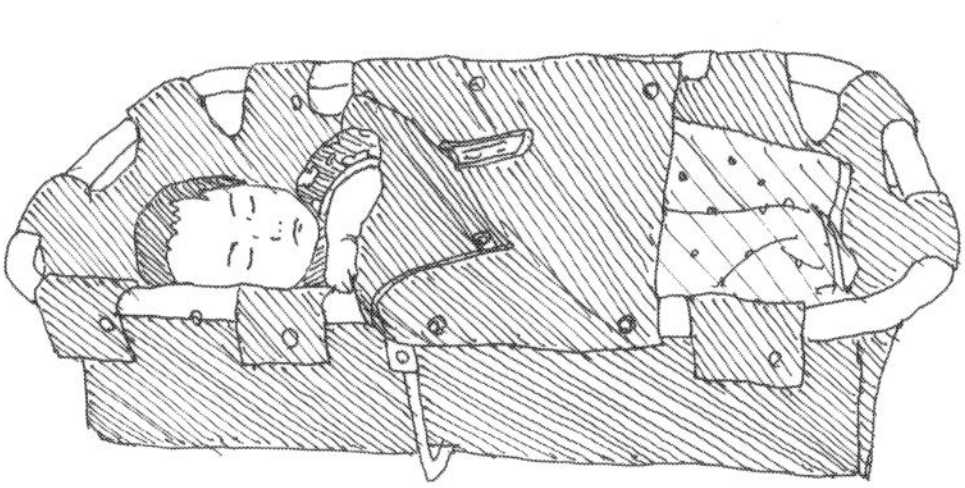

ショーを観た（それでも十分きれいだった）。

ディズニー好きの人からすれば、なんてもったいないと思うかもしれない。実際、無事にいい場所をとってショーを楽しんだ友達は、「えー、アトラクションなんて昼間でも遊べるやん」と呆れていた。でも、ぼくら夫婦は、山崎さんのところと同じように、競争や席取りといったものが得意ではない。他の人の熱量や切実さを感じると、たいていすぐにあきらめてしまう。なんというか、気持ちで負けてしまうのだ。

こういうのって、もう性格的なものだろう。

ただ、そんな情熱に欠けるぼくらも、事前に予約のできる競争や席取りにかんしては、あまり遅れをとったことがない。なぜなら、妻がものすごく下調べが得意だからだ。もともと事務的な仕事をしていたから手際がいいし、本人もそういう作業をするのがまったく苦にならないらしい。おかげでぼくは、山崎さんの言う「育児における競争や席取り」を、何もしなくても回避できている。

たとえば、家族で新幹線に乗る際は、座席の裏にベビーカーを畳んでしまえる一番後ろの席を、妻が毎回予約してくれる（現在ではその裏のスペースそのものに予約が必要になったようだ）。別に他の席でもベビーカーはその場所にしまっておけるのだけど、やはり近い方が安心だし、子どもがうるさくしたときにもデッキに出やすい。あとは、ベビーカーがそこに入れられず、座席の前に畳んで置くことになってしまうと、前の席の人が座席をほとんど倒せなくなってしまうのだ。だからそういうことがないようにするためにも、予定が決まった時点で妻がすぐに席を押さえてくれる。

それから、ぼくが一番助かっているのが海外旅行だ。妻はいくつもの宿泊施設やフライトチケットの比較検討をした上で、いつも最適なプランを練って提示するだけでなく、あらゆる細かい調整までやってのける。

生後十ヶ月の息子を連れてニュージーランドに行ったときもそうだった。一番不安だったのは、やはり行き帰りの飛行機で、八時間のフライトは大人でも楽なものではない。妻はまず、フライトを息子が眠る夜の時間帯にして、その上でバシネット席（座席の前に簡易のベビーベッドがつけられる席）が取れるかを調べてくれた。ただ、バシネットは数に限りがあって、確保できるか保証ができないとのことだったので、念のためにと妻が見つけてきたのが、ニュージーランド航空がやっている「スカイカウチ」というものだ。エコノミーの座席をフルフラットシートに変えられるサービスで、料金はプラス四万円とちょっと高いが、ぼくらも赤ん坊を連れての海外は初めてだし、そのお金で不安が多少なりとも軽減するなら試してみる価値はあるかと、復路だけ予約した。

結果的には、行きはバシネットを確保でき、帰りはスカイカウチだったのだけど、息子はどちらのときもぐっすり眠ってくれたので、まったく手がかからなかった。特にフルフラットシートは、ぼくたち大人もあぐらをかいたり、息子の横で（どちらか一人が）寝転んだりできるのが心地よく、長時間移動の疲れがずいぶん軽減された。

宿泊先も申し分なかった。海外旅行をする際、妻はいつも「Airbnb」という民泊サイトで、感じのいい一軒家やマンションの一室を見つけてくれる。というのも、ぼくらはあまり観光せず、現地の生活に溶け込んで、のんびり過ごすのが好きだから（食事もスーパーで買い物をして自炊したりする）、ホテルではその目的に合わないのだ。

それでニュージーランドのときは、妻が双子の幼児がいる家主の家を借りたので、お下がりのおもちゃや、きれいなベビーベッドが用意されていただけでなく、ベビーカーも特別に貸してもらえたりして、快適に過ごすことができた。これも、海外で働いていた経験のある妻が、事前に家主と何度も英語でメールのやりとりをしていたから受けられたサービスだ。海外では、主張することでサービスを受けられることも多いから、妻のように語学ができれば、その分不自由のない滞在をすることができる。

これは断言してもいいが、ぼくが旅行の準備をしていたら、絶対こんなふうにはならなかった。独身時代は、ぼくも旅行の計画を比較的やってきた方なのだけど、どうやっても妻の有能さには敵わないし、何よりも赤ん坊連れの海外なんて、怖気《おじけ》づいて旅行そのものをあきらめてしまっていたと思う。

そんなわけで、うちは完全に妻のおかげで、育児中の競争や席取りに苦心しなくて済んでいる。あらためて書き出してみると、ぼくらが限りのある椅子をおさえたことで、他の必要な人が使えなかったかなと思わなくもないが、そのときは「あー、よかった」という気持ちが勝ってしまったのが正直なところだ。もちろん、目の前で明らかに困っている人を見かければ、譲ることも考えるだろうが、そうでない限り、手にしたものを享受するのが当然の権利だと思ってしまうのが競争の厄介《やっかい》なところなのかもしれない。

さて、ここまでは、言わば大人にとっての競争や席取りについて書いてきたわけだが、子どもにとってのそうした問題、つまり「競争や席取りについて息子にどう教えるか」ということについては、ぼくも悩むところではある。生きている以上競争は避けられないとはいえ、「勝ち組を目指せ」「他人を蹴落としてでも上に行け」とは、あまり教えたくはない。あるいは妻のように、きちんと下調べをすることでおさえられる椅子もあるだろうが、それを子どもにも強く推奨したいかと言えば、微妙なところだ。さっきも書いたけれど、競争に勝った人間は安堵《あんど》の気持ちが上回って、負けた人間のことを考えにくい面があるし、かといって毎回それを気にして、いつも人に譲ってばかりでは、さすがに自分が疲れてしまう。大人でもケースバイケースだとしか言えない問題を、子どものうちから教えるのはかなり難しいだろう。

ただ、親としては、競争に勝っても負けても、なんとかそれなりに生きていけるよ、ということだけは、どうにかして伝えられたらいいなと思う。人生において経験する競争の中には、負けたことで落胆するどころか、死にたくなるような絶望を味わうものもあるけれど、生きてさえいれば、また違う競争に勝つこともあるし、過去の傷として受け入れることで、人生の肥《こ》やしにすることもできる。

それに、これが何よりも大事なことなのだが、そうした競争が気にならなくなるような、唯一無二のものに出会えることだってあるのだ。多くの親が自分の子どもを誰よりもかわいいと思うのは、見た目や能力といった競争の世界を超えた次元に子どもを位置付けることができるからであって、そういう存在は何も子どもだけでなく、世の中にあるすべてのものがそうなる可能性を持っている。好きな芸能人でも、アニメのキャラクターでも、道端の石ころでもなんでもいい。自分がめいっぱい愛を注げば、そこには上下なんてなくなる。

競争に勝つことによって、たしかに気持ちが明るくなることはあるし、場合によっては生活そのものが豊かになったりもするけれど、別にそこで勝たなくても、誰しもが唯一無二のものに出会える可能性があるのは、なかなかの救いだなと個人的には思っている。だから息子には、競争は競争として受け入れた上で、できればその「優劣のつけられないもの」に、なるべくたくさん出会ってほしい。自分の人生を振り返ってみても、ともすれば孤独になってしまう心をほんのりと温めてくれるのは、そういうものばかりなような気がするのだ。

7

自分の仕事を伝えるか？

山崎ナオコーラ

子どもには、競争は競争として、それとは別に「優劣のつけられないもの」にたくさん出会って欲しい、ということに激しく同意した。

特に、「好きな芸能人でも、アニメのキャラクターでも、道端の石ころでもなんでもいい。自分がめいっぱい愛を注げば、そこには上下なんてなくなる」という箇所は、本当にそうだな、と思った。

先日、白岩さんの『たてがみを捨てたライオンたち』を拝読した。もうじき子どもが生まれる予定で主夫になるかどうかで悩む編集者の直樹、モテる男だが離婚後にいろいろ考えるようになった広告マンの慎一、要領の悪い公務員でアイドルオタクの幸太郎の三人が主人公で、私は最初、自分と境遇が近い直樹に気持ちを寄せて読んでいたのだが、次第に、自分とはかけ離れた世界にいるアイドルオタクの幸太郎の話になぜか強く引き込まれていって、アイドルが不祥

事で卒業するシーンでは、わあっと泣いてしまった。泣きながら、「なんでここで私が涙を流さなければならないんだ？」と不思議になったが、今になって思えば、私はそのとき初めて、アイドルとファンの特別な関係を知ったのだと思う。

アイドルを好きになるということは、現実からの逃避かもしれないが、逃避ができる場があるというのは貴重なことだ。現実世界の上下関係をずっと気に病んでいたら、上に行く努力ばかりして、ストレスを抱えて命が短くなるかもしれない。でも、逃避世界があれば明日も生きられる。あるいは、逃避世界を持てたことで、現実に風穴が空いて、急にするりと現実が上手く行くことだってある。私だって、本を好きになったのは、現実に友だちがいなくて学校が楽しくなかったから、逃避したのだった。

私も、子どもには「何かを好きになるのって素晴らしいことだよ」と伝えたい。将来、もしも子どもがアイドルにはまったら、おおらかに見守ろう。

そう、赤ん坊の間は世話がメインだが、大きくなってくると、「教える」「伝える」といった、いわゆる人間関係作りが育児のメインになってくる。

親自身の生き方についても伝えるときが来るだろう。

以前、打ち合わせの際の雑談で、「自分の仕事（職業）を子どもに伝えるか？」という話題になったときに、私は「伝えたい」と言ったが、白岩さんは「伝えなくてもいいかな、と思っている」というようなことを言っていた気がする。

今回は、それについて、再度お尋ねしてみたい。今も、そう思っていますか？ 私の方では、二歳なのでまだきちんとは理解できないと思うが、すでに「本を書いているんだよ」ということを子どもに言うようになった。

ただ、今後、どの程度まで伝えればいいのかは悩む。他の多くの作家には世間的に良いイメージがある気がするが、私の場合は決して「自慢の親」という感じにはならないと思うので、著書は見せなくてもいいかな、とか、もう少し大きくなったら、「お友だちにはあんまり言わないでね」とはお願いしようかな、とか、ちょっと迷いがある。でも、とりあえず、堂々としたいので、子どもに対しては自分の職業を伝えよう、と今のところは思っている。

私が自分の仕事を子どもに伝えようと思った理由は二つある。

ひとつ目は、「父親の場合は仕事をすること自体を育児と捉えられたり、背中を見せることが育児になると思われたりするのに、母親の場合は直接優しさを伝えたり、料理や洗濯などの世話をすることしか育児と捉えられないという旧来の雰囲気への反発心。つまり、子どもが『お母さんのお仕事、かっこいい』と思ってくれたら良い成長があるのではないか？ と期待している。お母さんの背中だって、かっこいいのだ」という理由だ。

母親の仕事は、母親自身の自己実現や、金のために行っていると思われがちで、「母親の仕事が、子どもの成長に良い影響を与える」と捉えられることが少ないように感じていて、そこを変えたい気持ちがある。

それで、白岩さんが「伝えなくてもいいかな」と言ったのも、「父親は仕事をがんばり、背中を見せる」という旧来の育児法に対して、そうではない育児をしていきたい、違う父親像を模索したい、という思いがあるからではないかな、と今ちょっと想像しましたが、どうでしょうか？

そして、二つ目は、「たとえ子どもや周囲から『恥ずかしい』と思われてしまう可能性がある仕事でも、堂々と行っていればいつかは伝わる。こんな仕事をしていてごめんね、と小さくなるより、自信を持って社会参加しているよ、と胸を張った方がいい」という理由だ。

私のペンネームは「山崎ナオコーラ」で、かなりふざけている。小学生の子の親の名前が「ナオコーラ」だと周囲の子に知られたときに、からかわれる可能性は高いだろう。また、今のところ、デビュー作の『人のセックスを笑うな』という小説が自著の中では一番世間に知られている。多感な時期に、セックスがどうのこうのというタイトルの小説を親が出版していると知ったら、嫌な気持ちが湧いてしまうかもしれない。

少し前に、元AV女優の蒼井そらさんが、「偏見・批判を覚悟で妊娠発表」をしていた。蒼井さんのブログは、「AV女優が子供を作るなんて子どもがかわいそう。結婚発表をした時、そんな言葉を目にしました」という文章から始まっていた。けれども、やっぱり子どもは欲しいと、「生まれて来るんじゃなかったとか産んでなんて頼んでねーしとか親子の縁を切るとか子どもに言われないように日々頑張るだけよ。それって、職業じゃないし、環境だと思うのね」と綴っていた。

前向きで、且《か》つ冷静で、素晴らしい文章だった。その報告のあと、私がインターネット上を見た限りでは、蒼井さんの心配をよそに、祝福している人が多数派を占めていた。時代は変わりつつあり、偏見は小さくなってきているのだ。でも、やっぱり一部の人は、「AV女優が妊娠するのは、親のエゴだ」「親がAV女優だったら、いじめにあう」といった、職業差別ともとれる批判を行っていた。

今はインターネットがあるから、親の情報は、子どもや、もしかしたら子どもの周囲の人たちにも、筒抜けになる。

でも、普通に考えて、万が一、いじめが起こったら、それはいじめた側が悪いのではないか？　偏見を残している社会が悪いのではないか？　産んだ親が悪いとは、やっぱり思えない。子どもが欲しいと思って、でも、自分の職業が子どもや周囲の人に受け入れられるかわからないと悩んだら、「産まない」でも、「職業をできるだけ隠す」でも、「子どもに申し訳なく思う」でもなく、「堂々と子育てして、堂々と仕事をする」という選択が一番なのではないか？

そういうわけで、私は、今のところ、自分の仕事を伝える方向で育児をしている。

恥ずかしいことがあるからこそ　白岩玄

山崎さん、『たてがみを捨てたライオンたち』の感想、ありがとうございました。アイドルオタクの幸太郎の話は、ぼく自身もオタクではないからこそ、ちゃんと書けているかどうか不安があったのですが、山崎さんが「私はそのとき初めて、アイドルとファンの特別な関係を知ったのだと思う」と書いてくださっていたのが嬉しい限りでした。小説の中でも感じてもらえたと思うのですが、逃避というのはどんな人にでも与えられるべきものだと思います。世知《せち》辛《がら》い世の中を生き抜くために、息子にはうまく逃げる技術を身につけてほしいと思う今日この頃です。

　さて、自分の仕事をどう伝えるか、ですが、以前打ち合わせの席でお伝えしたように、ぼくは今でも「特に伝えなくてもいいかな」と思っています。ただそのときは、なんとなく感覚で

答えたので、今回なぜそう思うのかを具体的に考えてみます。

自分の仕事を、なぜ息子に伝えなくてもいいと思っているのか。まず思いつくのが、ぼくはもともと性格的に、何かを堂々と公表するのがあまり得意ではない人間だということだ。たとえば初めて会った人に仕事を訊かれると、ぼくはいつも「文筆業です」と曖昧《あいまい》に言ったり、もっと適当でもいいときは「出版関係です」とひどく大雑把な言い方をしたりする。なんというか、「作家」や「小説家」といった肩書きを口にするのが、ちょっとたいそうに思えて、気恥ずかしくなってしまうのだ。だから息子に対しても、訊かれたら「文章を書く仕事だよ」と答えるくらいのことはするだろうが、「お父さんは作家なんだよ、小説家なんだよ」と自信を持って伝える自分は、正直まったく想像できない。なので、訊かれない限り答えないし、訊かれてもあまり時間をかけて説明はしないだろう。いつか息子が大人になったら、自然と理解するだろうというのが、ぼくの今のところの考えだ。

とはいえ、これは作家という「職業」についてのことであって、ぼくが仕事の中で考えたり書いたりしていることにかんしては、意識的に言うかどうかはともかく、折に触れて口にすることになるだろうなとは思っている。冒頭にも出てきた『たてがみを捨てたライオンたち』という小説は、男性にとっての男らしさを問い直す話なのだが、ぼくがそういったことに関心や考えを持っている以上、息子はどうしたってぼくのその思想に触れることになるだろう。山崎さんが前回書いていたように、ぼくは家事や育児を妻に任せきりにするつもりはないし、「男には仕事しかないんだ」という考えを、できるならば息子に植え付けたくないと思っている。なので、そういう意味では自分の仕事を息子に伝えることにそんなに抵抗がないというか、「君がどう思うかは自由だけれど、お父さんはこう考えているよ」と話すことはあると思う。

そしてもうひとつ、妻の仕事については、自分の仕事以上に息子に伝えたいという勝手な思いがある。あまり詳しく書いてほしくないと本人が言うので、はっきりとは書かないが、妻は様々な国の人と関わる仕事をしていて、いろんな文化や宗教を持つ人たちと日常的に接している。そのほとんどは、ぼくが国名だけしか知らないような人たちで、そういう大国ではない国の人たちに目を向けて、日々自分にできる仕事をしている妻のことをぼくは心から尊敬している。だからなるべく息子にも、ニュースではあまり取り上げられないような国の人たちにも目を向けられる人になってほしいし、世界には本当に多種多様な人たちが暮らしているんだということを知ってほしい。

さて、前回山崎さんが、子どもや周囲から自分の仕事が恥ずかしいと思われてしまうかもしれない可能性や、AV女優などの一部の職業に対する偏見について書いていたが、これはぼくもちょくちょく考えることなので触れておきたい。

作家は人に見られる職業で、人によっては作家名や作品名を聞いたときに「あぁ、あの人か」と言われることがある人生を生きている。特にぼくなんかは、デビュー作がテレビドラマ化されたおかげもあって、二十代半ば以上の人だと作品名だけは知ってくれている人も多い。とはいえ、大きなヒット作となるとそれだけだし、未だに作家名だけではすぐにはわかってもらえない現状に満足しているわけではない。こうした状況が今後もずっと続いた場合、将来的に息子がどう思うんだろうなというのは、ときおり気になることではある。黙っていても、ぼくが作家としてどんなものを書いて、世間的にどういった評価を受けてきたかは、ネットで調べれば簡単にわかってしまうのだ。そのことが原因で、周りの人間から何か嫌なことを言われるかもしれない。

この、インターネットの普及による「親の人生のデータベース化」は、昔はなかった問題だ。それにこれは、ぼくのように表に出る仕事をしている人だけが気にすることではない。現代ではSNSやブログで自ら発信していたり、何らかの形でメディアに取材されたり、法に触れるようなことをして一度でもネットに載ってしまえば、その記録は半永久的に残ってしまう危険性がある。以前、子どもたちのあいだで、自分の親の名前をネットで検索しあうという遊びが流行《はや》っている話を聞いたことがあるのだが、そういうことが実際に起こり得るのだから、現代は良くも悪くも、親が人生でしたことを、子どもが引き受けなければならない時代になったわけだ(もちろん、逆もしかりだが)。

じゃあ、そんな状況の中で、親になった人間はどうすればいいのか。山崎さんは堂々としていた方がいいのではないかと書いていて、たしかにそうできたら理想だなとは思ったのだが、性格的なものなのか、あるいは単に覚悟が足りないだけなのか、ぼくはやはり、どうしても堂々とすることができない。頑張って胸を張ったとしても、すぐに疑心暗鬼になって「他人にわらわれたり、後ろ指をさされるかもしれない」という不安が頭の中に広がってしまう。そしてたぶん、こういう「強くなりきれない人」はぼくだけではないと思うのだ。自分の仕事や過去の行いに胸を張れない人は少なからずいるだろうし、普段は堂々としている人だって、ときには嘲笑《ちょうしょう》や偏見に心が折れそうになったり、子どもに申し訳なくて、自分のこれまでの人生に価値を感じられなくなることもあるだろう。

ただ、賛同できない人もいるかもしれないけれど、ぼくは親が子どもにあまり知られたくないと思うような何かを抱えているのは、そんなに悪いことではないのではないかとも思っているのだ。これは持論だが、ぼくは人間というのは、恥をかいた回数が多いほど、他人に対して寛容になれると思っている。痛い目にあったり、思うようにいかなかったりすることによって、人は様々なことを学ぶし、自分の許容範囲も広がっていく。それなら、子どもの成長を見守る親でいるためには、そうした経験がほとんどないよりかは、いくらかでもあった方がいいのではないだろうか。何より子どもが大きな失敗や挫折《ざせつ》を経験したときに、自分の中に恥ずかしいと思うところがひとつもない親が、どうやってそれを受け入れたり、味方になったりすることができると言うのだろう?

決して立派とは言えない過去が有用なのではないかと説くのは、失敗の多い自分の人生を肯定したいだけかもしれない。ひょっとしたら恥ずかしいと思うところなんて何ひとつない人の方が、「まともな子育て」ができるのかもしれない。だとしても、ぼくはやり直せるわけではない人生を生きながら、自分にできる限りの子育てをしていくしかないのだ。そしてその結果、息子が「お父さんの人生は格好悪い」という評価を下すなら、それはもうしょうがないし、受け止めるしかないと思っている。
でもまぁ、ネットで親の名前を検索する遊びは流行らないでほしいなぁ。

8

妊娠や出産は、親子関係を築くのか？

山崎ナオコーラ

私は今、二人目を妊娠中で、来週に出産の予定だ。四十歳という高い年齢なので、「どうなるんだろう？」と、ちょっとどきどきしている。出生前診断はしておらず、すべてを受け止めるしかない。でもなんとなく、受け止められるような気がしている。二人目になると、心が雑になってきて、「まあ、どうにかなる」という気持ちが根拠なく浮かんでくる。ひとり目のときは、「障害」のある子が生まれる可能性について本などで調べ上げたり、「こういう可能性はどのくらいなのか？」「育児の方法は？」など、インターネットで検索しまくったりしたが、今は、生まれたあとに最善を尽くす、としか思えない。人は、生まれるものだ。その人がどういう人かということに、こっちは関与できない。こっちは、ちょっと腹を貸し、成長の手助けをするだけだ。

前回の出産が前置胎盤のために帝王切開になり、同じ病院で産む

のだが、この病院では、前回が帝王切開だとその後の出産は必然的に帝王切開になるということで、今回も予定帝王切開だ。また、この病院では、帝王切開だと立ち会い出産はできないので、もうひとりの親は待合室にいることになる。

もうひとりの親がかわいそうにも思える。出産できないし、出産の場にもいられない。

この頃は、胎動が激しくなり、赤ん坊が生きている感をかなり味わっている。もうひとりの親はこれも味わえない。

でも、つわりがあるだとか、胎動を感じるだとか、出産の痛みがあるだとかは、やっぱり、親としては大したことではない気がする。胎動というのは、ちょっと動いた、というのを感じるだけのことなので、人と人との交流と言えるほど大きなものではない。腹を蹴られたからどうだというのか。

私は、「育児や仕事に関し、男女にできることの差はない」と思っている。あるとしたら授乳のみだ。ただ、液体ミルクが解禁されたし、粉ミルクだってあるし、搾乳器《さくにゅうき》や哺乳瓶《ほにゅうびん》など、いろいろと商品が開発されているし、授乳期間は一年くらいが現代日本では一般的で、しかも五ヶ月くらいから離乳食を始めるし、長い育児期間を思えば授乳期間は短いもので、「母乳が出る」ということが親業の大きなことには思えない。授乳を理由に、「女性の方が育児に向いている」と捉えるのは難しいだろう。私の経験から言わせてもらえば、性格や能力に性差はない。女性脳だとか男性脳だとかといったものを分析するような本が数十年前に何冊も出版されて、私は気分が悪くなったが、最近、「ああいうのはエセ科学だ」という意見があちらこちらで出ているのを見かけて、「やっぱり」とニヤリとした。女性と男性には大した違いがない。個人差の方が断然大きいのだから、性差を気にして親業や職業を分けるのは理に適《かな》っていない。

やがては男性が子宮を移植して行う妊娠や出産も夢ではない未来がやってくる。でも、それは結構先のことで、私が生きている間には無理なんじゃないだろうか。

男性は、こういうことをどう考えているのだろう。妊娠や出産ができることに対して「うらやましいな」と思うものなのだろうか。

白岩さんは、どうですか？

私の場合、ひとり目の子が三歳なのだが、この子との付き合いは生まれてから始まったと思っている。喋るようになってさらに交流が深まり、これから本格的な人付き合いになっていくだろう。そして、本人の記憶の方は、まさに今頃から残るようになっていくのだろうし、本人が思う「親との付き合い」は、これからなのかもしれない。

でも、角田光代さんの『八日目の蟬』では、生後六ヶ月の赤ちゃんをこっそりさらった女性が四歳頃まで育て、親になっていた。その子が大人になったとき、四歳までの記憶は残っていないみたいだった。妊娠や出産をしておらず、本人の記憶にも残っていない。だが、たぶん、この女性は親だ。

親は何人いたっていいいし、期間が限定されていたっていい。

あとそれから、今回の妊娠は私にとって三回目で、一回目は流産したのだった。私を親にしてくれたのは最初の子だと思っていて、今も、稽留流産《けいりゅうりゅうざん》の手術の記念日あたりに毎年神社へお参りをして、そのとき、「親にしてくれてありがとう」と心の中で言っている。ということは、妊娠して親になったという意識が私にもあったということだろう。

いろいろ考えると、「親になる」というのは、こういうことを経験するとなれる、こういう絆を結べばなれる、と定義できるものではなく、人それぞれで、その人がそう思うときに親子になる、というものなのかもしれない。

映画『そして父になる』は、病院での出生時の取り違えの問題を扱った映画だが、血の繋がらない六歳の息子に対し、ある瞬間から主人公の男性が親になった。

そういうわけで、まあ、妊娠中に親になることもあれば、数年経ってから親になることもあるのだが、とにかく、私としては、妊娠や出産を、「育児に必要不可欠なもの」だとか、「良い経験」だとかというふうに捉えることには反対だ。

よく、妊娠や出産を、「神秘的」「聖なるもの」と言った捉え方をしているセリフや文章を見かけるが、これは妊娠や出産ができない男性が、妊娠や出産を自分と切り離して捉えるために出した表現のように思える。私としては、妊娠や出産は、子どもを世に送り出すための単なる仕組みに過ぎないと感じられ、神秘的といった感覚はまったくない。

妊娠や出産は、育児にも、人生にも、人間関係作りにも、必要不可欠なものではない。妊娠や出産をしなくても親になれる。妊娠や出産をしない男性には、あまり引け目を感じずに過ごしてもらえたら、と思う。

向き合えば勝手に親になる　白岩玄

女性が妊娠や出産ができることをうらやましく感じたことがあるか、という質問だが、うーん、正直なところ、まったくない、というのがぼくの答えになる。

たしかに、お腹に子を宿さないがゆえに得られないものはあった。胎動は当然感じられないし、妊娠初期の頃なんかは、妊婦健診で産院に付き添っても、「旦那さんはこちらでお待ちくださいね」と止められて、エコーは見せてもらえなかったりする。そしてあとから写真を渡されて、「心臓が動いてたよ」と妻から報告を受けるだけなので、そういうのが若干除《の》け者《もの》感というか、寂しさを感じたことがあったのは事実だ。

ただ、だからと言って、妊娠や出産を自分が体験したいかというと、したいとは思わない。やはりつわりはしんどそうだし、命の危険や激しい痛みを伴うお産は怖いという気持ちが先に来る（もっとも、あまりにもつらそうな妻を見て、かわってあげたいと思うことはあったが）。だからもし今、医療の飛躍的な進歩があって、男性が子宮を移植して妊娠や出産ができるようになったとしても、ぼくは及び腰になると思う。妻から「次の子はあなたが産む？」と訊かれた自分が、「産む産む！」と前のめりになって目を輝かせる姿は想像できない。

女性からすると、「あんたがそれだけ及び腰になることを、私たちは『たまたま女性に生まれた』という理由だけでやっているんだ！」と怒りたくなるかもしれない。それにかんしては本当にその通りだし、申し訳ない気持ちしかない。

そういえば、息子がまだ新生児だった頃、「自分にもおっぱいがあればな……」と思ったことがあった。オムツ替えや沐浴《もくよく》や寝かしつけといった授乳以外のあらゆる世話ができたとしても、妻が用事で出かけるなどして一人で子どもをみていると、どうしてもおっぱいの力を借りたくなることがある。自分が母乳を出せればもっと楽になるのになぁと、そのときはけっこう真剣に思っていた。

でもその気持ちだって、今となっては完全に沈静化してしまっている。授乳中の妻が、歯が生えてきた息子に乳首を嚙まれて悲鳴を上げているのを何度も見たり、女性の胸を取り巻く様々な悩み（形の変化や、そもそもの大きさに対するコンプレックスなど）を間接的に聞いていると、やはり「大変そうだな」という気持ちの方が大きくなって「ない方がいいや」という結論に至ってしまう。

だから、妊娠や出産については、子宮を模したカプセルの中で胎児を育てられるようになればいいのにと本気で思う。もちろんそこには、たとえ医療が発展しても自分が担《にな》いたくはないという保身の気持ちがあるのだが、それ以上にパートナーをつわりで苦しませたくないし、出産を命がけのものにしたくない。だいたいお腹の中で育てることや、痛みを乗り越えて産むのが愛情、みたいなのは、社会によって作られた信仰である部分が大きいのではないだろうか。妊娠や出産を「神秘的」とか「聖なるもの」だと捉えるのも似たようなものというか、産む人がそう思うのは構わないが、社会がお産を神聖化したら、人はそこから痛みと死を永遠に切り離せなくなってしまう。

でも山崎さんも言っていたように、ぼくが生きているうちにそういった新しい産み方が選べるような未来が来る可能性は低いだろう。となれば、現状は女性に産んでもらうしかないのだから、妊娠や出産を担わない側は、できる限りのサポートをすべきだし、実際息子がお腹の中にいたときは、妻が少しでも楽になるように、自分にやれることは率先してやったつもりだ。まぁそれが十分だったかどうかは妻にしかわからないので、ぼくにはなんとも言えないのだが
……

そんなわけで、ぼく自身のことで言えば、女性が妊娠や出産ができることをうらやましいと感じたことはない。というか、そもそも疑問なのだが、ものすごく大変な目にあうとわかっていることを、人は「うらやましい、自分も体験したい」と思うものなんだろうか？　でもまぁ

これは、パートナーがどんな妊娠や出産を経験したか（あるいはその人が妊娠や出産に対してどんな印象を持っているか）によるのかもしれない。ぼくの場合は、もともとの性格がびびりな上に、妻が安定期に入るまでつわりでほぼ毎日のように吐き続け、出産時も十二時間近く陣痛に苦しんで、しかも立ち会い出産で猛烈な痛みに耐えている姿を間近で見ていたので、どうしても「うらやましい」という感情が湧いてこなかった。だから、たとえばつわりもほとんどなくて、痛みこそあれど出産も割とすんなりだったという妻を見ていたら、あるいはちょっとやってみたい気持ちが湧くのかもしれない。

さて、もうひとつの「いつ親になるかは人それぞれのタイミングがあるのではないか」ということについては、山崎さんの意見に同意だ。

ぼく自身、自分が父親になったのは、息子が一歳を過ぎてからだった。妻がフルタイムで働きに出ることになり、その時点ではまだ保育園に入れていなかったため、とりあえず保育園が見つかるまでの平日の日中は、一人で息子をみることになったのだが、その三ヶ月ほどの「育休」とも言える期間で、ぼくの子育てに対する意識はずいぶん変わった。

もともと在宅で仕事をしていることもあり、育児には普通にたずさわっていたので、そこまで大きな不安があったわけではない。とはいえ、やはり毎日一人で子どもをみるのはタフな仕事だ。公園や児童館などはもちろんのこと、ベビー用品店や小児科など、本当にいろんな場所に息子と二人で出かけた。出先で近くにトイレがないのに何度かに分けてうんこをされたり、場所を問わず延々と抱っこを求められてうんざりしたことも幾度となくある。でもそんなふうに「自分が世話をするしかない状況」に身を置き続けたことでようやく父親の自覚が出てきた。妻といるときも、以前にも増して子どもの世話をするようになったし、それまではどこかでまだ残っていた「育児を手伝う」という感覚は完全になくなった。

あと、子どもを一人でみる経験をして、個人的に良かったなと思うのが、「育児における体力と気力の消耗量」がわかるようになったことだ。たとえば子どもがベビーカーに乗るのを嫌がったため、家からちょっと遠い公園までの道のりを抱っこしながらベビーカーを押して歩いた、と帰宅した妻から疲れ顔で言われたとき、自分が同じ経験をしていれば、それがどれくらいしんどいことかというのが、具体的な消耗量としてわかる。わかると、「それは大変だったね」という労《ねぎら》いの言葉にも実感が伴うし、このあとはもうなるべく楽をさせてあげようという気持ちも自然と湧いてくる。

このスキルは、夫婦関係をなるべく良好な状態に保つのに、今でもとても役立っているように思う。もちろんケンカは定期的にしているのだが、夫婦というのは気力と体力が互いに枯渇していなければ、ある程度信頼感を持った上で意見をぶつけあえるような気がするのだ。そういうケンカは夫婦にとって有意義なものだと思うし、信頼が土台にあるので、謝ったり、折衷案を探すのも難しくない。

ということで、親になるタイミングは人それぞれだし、妊娠や出産を経験しない男性だって、しっかり子どもと関わる時間を持ちさえすれば、何の問題もなく親になれるというのがぼくの実体験から得た意見だ。というか、別に親になろうなんて意気込まなくても、それなりの手間と時間をかけて向き合った相手に対しては、勝手に関係性ができてしまうのが人間なんじゃないだろうか。ぼくらは断とうと思っても断ち切れない、その目に見えない感情のつながりのことを「親子」とか「夫婦」とか「恋人」などと便宜的に呼んでいるだけなのだ。

ただ、これだけは言っておきたいのだが、三ヶ月もの育休を取って毎日子どもをみるなんていうのは、ぼくが比較的時間を自由に使える自営業の人間だからできることであって、普通の会社勤めの男性が、同じくらいの長さの育休を取って、そのあと何の問題もなく元の職場に戻れるかというと、それはまだまだ難しかったりもするだろう。家族との時間を重視すべきというような価値観は、まだこの国ではあまり広まっていないし、男性が長期の育休を取って戻ってきたら自分のポストがなくなっていた、という話を聞いたこともある。親になれるかどうかに性別が関係ないのは間違いないのだから、これからの時代は、あらゆる職種の男性が、もっと労なく育児にたずさわれる時間を確保できる世の中になってほしいなと思う。

追伸　無事に二人目をご出産されたと聞きました。おめでとうございます。自分が父親になってから、誰かが出産したと聞くと、よかったねぇと心から祝福の気持ちが湧くようになりました。子どもが無事に産まれてくるって、本当に一点の曇りもない、幸せなニュースだなと思います。

9

二人目の子ども　山崎ナオコーラ

私は大失敗をした。

二人目の子どもを妊娠中に、ドナー登録をしていた骨髄《こつずい》バンクから、適合のお知らせが届いた。

白血病などの病気を患《わずら》って骨髄移植を必要としている人に、骨髄を提供したい。そう思って登録していた。けれども、白血球の型が他人と合う確率は低いらしいので、なかなかチャンスは来ないかもしれない。そう思っていた。

いつ登録したか、だいぶ前のことで記憶が曖昧だが、大学生のときだったように思う。私は献血が好きだった。というのも、若かったときはいつも、地球に居場所がない気がしていた。息を吸っても人の酸素をもらってしまうような、お喋りをしても人の時間をもらってしまうような、所在なさがあった。献血をすると、誰かの役に立てたような、「居てもいいよ」と言われたような、そんな幸福感を味わえた。献血ルームに行くと無料でドーナツやアイスが食べられるのも嬉しかった。それでよく献血していた。その献血ルームで、簡単な説明を聞いて申込書

を書いて採血するだけでドナー登録ができると知り、登録したのだ。骨髄を提供できたらもっと幸福感を味わえると思った。

私はフリーランスの作家なので時間の融通《ゆうずう》が利《き》くし、痛みには強い方だし、若い頃ほどではないが「役立つ自分」になりたい気持ちがあるし、正直なところ「どのような経験になるのだろうか」という好奇心も少し持ってしまっていたし、「いつか誰かと適合して、提供できたらいいいな」とずっと思っていた。

妊娠中には提供できないこと、だから、妊娠が判明したら骨髄バンクにドナー登録保留の連絡をしなければならないことは知っていた。それで、ひとり目のときは、妊活を始めた段階で保留の連絡をちゃんとしたのだ。しかし、二人目のときはいそがしさに紛《まぎ》れて連絡を忘れてしまっていた。すると、「コーディネートのお知らせ（適合通知）」が届いた。しまった。連絡しておけば良かった。

結局、コーディネートは終了し、私は骨髄を提供できなかった。申し訳なさでいっぱいになった。

ところで、さい帯血《たいけつ》バンクというものがある。出産するときにだけ提供できるものだ。へその緒の血液が、白血病などの病気の治療に役立つらしい。出産時に医師らが作業して凍結保存するので、こちらの負担はほとんどない。

私はひとり目のときも申し込んでいた。だが、前置胎盤という、大量出血をする位置に胎盤がある状態だったため、術中の処置が難しかったらしく、結局のところは提供できなかった。私は、局所麻酔による帝王切開で痛みはないのだが意識はある状態で、「さい帯血、採れません」と言っている看護師の声が記憶に残っている。

二人目の妊娠中、健診で病院へ通っているとき、ひとり目のときはもらわなかったパンフレットをもらった。それは、民間のさい帯血バンクの紹介だった。私は公的バンクしか知らなかったのだが、民間バンクでもさい帯血を保管できるらしいのだ。公的バンクは第三者への提供で、民間バンクは赤ちゃん本人と家族のために保管するので、目的が異なる。

民間バンクの場合、将来、赤ちゃん本人が病気になったときに、治療に使える。また、親やきょうだいに適合する確率が他の場合より高いので、家族の治療に使える可能性もあるようだ。パンフレットやポスターなどには、人気のアナウンサーや有名なタレントが「自分も保管しました」と話すインタビュー記事が載っていた。

私は悩んだ。もしも、自分の子どもが将来病気になったとき、民間バンクに登録しなかったことを、ものすごく悔やむのではないか。また、さい帯血は赤ちゃんのものであり私のものではないのではないか。

ただ、私の経済力では結構な負担を覚える額だった。私がそのときに読んだパンフレットの場合は、十年保管するのに二十万円くらい、二十年保管するのに三十万円くらいかかるようだった。ただ、ものすごくがんばれば払える額かもしれないし、もしも病気を患ってこれで治療ができるとなったらむしろ安く感じる額に違いなかった。

これは、私の個人的な考えで、誰にも勧めるつもりはない。他の人はそれぞれ、自分に合った考えで決めて欲しいし、自分のやりたいことをぜひやってもらいたい。

ともかくも、私としてはこう考えた。民間バンクは、いいものだろう。病気になったときにこれで治療できたらどんなに嬉しいか、それに、病気にならなかった場合でも安心感を得られる。ただ、高額で、世の中のみんなが登録できるものではないように思う。格差ができてしまうのではないか。そんな中で、もしも多くの人が民間バンクに登録したら、それだけ公的バンクの登録者は減るわけで、公的バンクの適合の確率が下がるのではないだろうか。経済弱者が助かりにくい社会になってしまうことはないのか。それでも、実際に自分の子どもが病気になったら、私はすごく後悔するに違いない。だが、そもそも、先のことがわからない状態でこの額をぽんと払えるほどの経済力がある自分ではない。とりあえず、どこかで他人に適合して使ってもらえるのならそれが嬉しいようにも思うし、その結果、自分の子どもに使えないようなことがあるかもしれないことを受け入れられる度量があるかと聞かれれば「ない」と答えるわけだが、そんな先の先までいろいろ考えられるほど私は頭が良くない。私は公的バンクを選ぶことにした。

数ヶ月後、二人目の子どもは無事に生まれた。

ただ、今ではあまり聞かなくなった変な表現で、「血を分けた子ども」というものがあるが、私は子どもとだけでなく、もっとたくさんの人に血を分けたかった。世界中の人と血が繋がりたかった。さい帯血は公的バンクに提供できたが、本当は骨髄も提供したかった。

コロナ禍の出産

白岩玄

一人目のときは念入りに準備をしていたのに、二人目になるといろんなことがおろそかになってしまうのはよくあることなのかもしれない。我が家も今年の四月に第二子である娘が誕生したのだが、息子のときのように前もってあれこれ準備していたかと言うと、まったくそんなことはなかった。事前に用意した服も少なくて、特にぼくなんかはそのわずかな準備さえも完全に妻任せになっていた。なんというか、向けるべき意識が上の子や子どものいる生活に引っ張られて、どうしてもなおざりになってしまうのだ。

ただ、出産のときだけは別だった。なぜなら娘は息子と違い、コロナ禍《か》での出産になったからだ。

始まりは緊急事態宣言だった。ぼくらが当時住んでいた名古屋でも、愛知県独自の緊急事態宣言が出され、妊婦健診に行った妻から立ち会いがＮＧになったと連絡があったのだ。もともと面会はでき

国立競技場
Construction

着工から完成まで、共同通信社が定点撮影した
16万枚の瞬間。未来に伝えたい貴重な写真集!

一般社団法人 共同通信社

好評
発売中!

1000日で完成させる! 新スタジアム建設のドラマ。

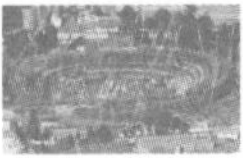

序文/ 建築家 **隈 研吾**

「競技場というものは、人がいようといまいと、
寂しくなく、暖かく、やさしい場所でなければいけない。
人類にどんなことが降りかかろうと…」(抜粋)

[仕様] B5判・横長/上製本/96頁/オールカラー

●3135円(税込) ISBN 978-4-309-25670-2

河出書房新社 〒151-0051 東京都渋谷区千駄ヶ谷2-32-2
tel:03-3404-1201 http://www.kawade.co.jp/

女子大小路の名探偵

秦建日子

紙袋の中にはいったい何が入っていたのか!? 「アンフェア」「サイレント・トーキョー」の著者が五年ぶりに放つミステリー大作!

▼一五九五円

ジュリアン・バトラーの真実の生涯

川本直

謎多き美貌の作家ジュリアン・バトラーをあなたは知っているか? いま気鋭が「仕掛ける」壮大な文学&エンターテインメント、開幕!

▼二四七五円

超シルバー川柳 毎日が宝もの編
90歳以上のご長寿傑作選

みやぎシルバーネット編　河出書房新社編集部編

大好評九〇～一〇〇歳超えの全国のリアル・シルバーの川柳傑作選第四弾! 驚きの約百四十句を紹介。ご長寿川柳名人インタビューも。

▼一一五〇円

開高健の本棚

開高健

開高健の書斎、蔵書、作ったものを取り下ろしカラー写真で紹介するとともに、本をめぐるエッセイを収録。開高の知の源に迫る一冊。

▼二四二〇円

ないと言われていて、立ち会いも不可になるかもしれないと聞いていたので、寝耳に水ではなかったのだが、第一子のときと同様に立ち会いを望んでいた妻は落胆していた。ぼくもそのとき初めて不安になったのを覚えている。遅すぎるだろと怒られるかもしれないが、どこかでまだ可能性はあるんじゃないかと思っていた立ち会いが、コロナで本当にできなくなるというのはなかなか衝撃的なことだった。

その日、ぼくは同士を見つけたくて、ツイッターで「立ち会い　コロナ」と検索をかけた。ぼくらと同じ宣告を受けた夫婦が世の中にはたくさんいて、その大半は（といっても女性がほとんどだったが）ショックを受けていた。でも中には、夫に立ち会ってもらっても役に立たないから別に何の影響もない、むしろ義両親の面会を断る理由ができてラッキーじゃないかと言っている人もいた。まぁこの辺《あた》りは個人差があるので何とも言えない。とにかくぼくらは残念に思ったし、不安にもなったと言うしかない。

結局、陣痛がやってきたのは立ち会いが不可になった二日後の夜のことだった。翌日の昼前に妻が産院に電話して陣痛の間隔を伝えると、すぐに来るように言われた。ぼくは家で息子をみなければならなかったので（感染のリスクを減らすため、息子は同行できなかったのだ）、タクシーを呼んで産院に向かう妻を玄関で見送った。

靴《くつ》を履《は》き終《お》え、大きな入院バッグを片手に提《さ》げた妻に、ぼくは「付き添えなくてごめん」と声をかけた。妻は珍しく泣いていたが、それはいろんなものが積み重なった結果の涙だったのだと思う。この日を迎えるまでに、ぼくらはコロナ禍の中で息苦しい生活を送ってきた。緊急事態宣言が出る二週間以上前から、感染のリスクを考えて息子の保育園登園を自粛していたため、ろくに仕事ができず、外にも出ていない日々が続いていたし、毎日コロナのニュースを摂取しすぎていたせいで気持ちも不安定になっていた。何が正しい情報なのかわからない中、ぼくが一生懸命《いっしょうけんめい》コロナの情報を集め、それを逐一《ちくいち》報告していた結果、出産のことに集中したい妻に不安にさせないでくれと怒られたこともあった。

のちに妻は、出産より何よりその時期が一番つらかったと言っていた。先行きがまったく見えない上に、本来なら二人目のことでいろいろと楽しみが増えるはずだった夫婦の会話が、重苦しいコロナの話題ばかりになってしまったのが悲しかったようだ。ぼくも感染を恐れるあまり、未知のウイルスのことにとらわれてしまっていて、そんなことは考えもしなかった。

家に息子と二人きりになったあと、ぼくは別のことに頭を悩まさなければならなかった。妻の産院では、産後の状態が悪くなければ、ぼく一人のみ三十分だけ面会に来てもいいと言われていた。なのでもし面会に行く場合は、誰かに息子をみてもらわないといけない。あいにく妻の母親は、ちょうど妻の妹が同時期に出産を迎えていたため、来てもらうのは難しかった。となると、京都にいるぼくの母を頼るしかないのだが、その時期に高齢の母を新幹線に乗せるのはどうしても抵抗があった。それに、自分や母が感染者ではないという保証もない。たかが三十分のためにそこまでリスクを負うのはどうなんだとかなり悩んだ。結局、母が力になれるなら行くよと言ってくれたので甘えたのだが、たったそれだけのことでもためらいがあったのが当時の状況だったと思う。

無事に産まれたと妻から連絡があったのは、その日の夜八時ごろだった。本当に出産直後に電話をかけてくれたらしく、身長や体重、赤ちゃんの状態が良好であることを伝える妻の声は疲れ切っていた。ぼくはと言えば、労いと感謝の言葉をかけながらも、ちょっと拍子抜け《ひょうしぬ》けしてしまっていた。いくら初産《ういざん》ではないとはいえ、まさかこんなに早く産まれてくるとは思っていなかったのだ。何より立ち会っていないせいで、まるで実感が湧かなかった。一人目のときに立ち会ったせいかもしれないが、側《そば》にいるのといないのとでこんなにも感覚が違うのかと驚いたほどだった。

ちなみに後日聞いたところによると、妻は家を出るときは泣いていたが、産院に着いた頃にはもう覚悟が決まっていて、その後は一人で産むのをつらいと思うことはなかったらしい。でもまぁそれは二人目だからであって、初産だったらこの先どういう流れでどれくらい痛いのかがわからない上にコロナのことが加わるのだから、相当不安だったと思うと言っていた。あと、助産師が様子を見に来る頻度が少ないような気はしたが、それが感染リスクを減らすためだったのかどうかはわからなかったそうだ。それから産後の沐浴指導なども、口頭での説明だけで実演はしてくれなかったらしい（ただこれは二人目だからかもしれない）。

産後の検査の結果、三十分だけ面会できるとのことだったので、その日の夜十一時ごろに妻と娘に会いに行った。密になるタクシーを使うのはなんとなくはばかられたため、自転車で産院に向かい、夜間用のインターホンを押して入れてもらった。病室の前では体温計を渡され、渡航歴がないかなどを確認された。

娘との面会は、直接顔を見ることができた嬉しさと安堵、そしてもちろん妻への感謝が大きかった。ただ、心のどこかでは、自分みたいな外界の空気に触れていた人間が、今この時期にこの場にいていいんだろうかという不安もあった。大げさだと笑われるかもしれないが、あの出産直後の母子の周りを取り巻いている柔らかな空気感は独特なものがある。たとえコロナのことがなかったとしても、自分が汚らしく感じられて、おいそれとは踏み込めない気持ちになるのだ（ぼくだけだろうか？）。だから妻に抱いてあげたらと言われるまで娘とは距離を取っていたし、いざ抱き上げるときも、入室前に手を洗ったにもかかわらず、再度念入りに手洗いをしてから抱っこした。

ぼくは無垢《むく》の塊《かたまり》のような娘に「君は大変なときに産まれてきたね」と言った。息子を初めて抱いたときに感じたのとはまた違う、親としての責任感を問われる何かがそこにはあったように思う。ウイルスのことなんて知りもしないこの子を、親である自分たちがちゃんと守ってやらないといけないからだ。

三十分の面会はあっという間に終わり、ぼくは妻と短い会話を交わして病室を出た。深夜だったこともあり、個室のドアが並ぶ産院の廊下は静まり返っていたのだが、そのいくつかからは新生児の泣き声が漏れてきていた。ぼくは廊下を歩きながら、ここにいる人たちの誰もが一人で出産をし、面会もなく家に帰って、この先も自粛生活を続けるんだなと思ってやりきれない気持ちになった。もしこのままコロナ禍が数年続くようなことになったら、子育ての日常はこれまでとはまったく違うものになってしまうだろう。

ぼくがそのとき感じた通り、退院してからの生活はなかなかに大変なものだった。特に息子が保育園に行けない中、まったく進まない仕事を抱えて、周りに頼れない育児をするのは、少しずつ疲弊していく自分の心をなす術《すべ》なく眺《なが》めているみたいだった。山崎さんも似たような状況だったのか、ぼくらはどちらもこの育児エッセイの原稿を上げるのが遅くなった。二人の子どもを自宅でみながら仕事をする（というか、しっかりと考えて文章を書く）のは想像以上に難しかった。

とにかく今は耐えるしかないのかもしれない。でも、たとえば一年以内に状況が好転するようなことがあるんだろうか？

under corona

10

アルコール　山崎ナオコーラ

子どもの前でいい格好がしたくて散歩中の道にゴミが落ちているのを見かけたら拾うのを習慣っぽくしていたところ、その日は川沿いに空《あ》き缶《かん》が落ちていて、案の定、四歳児が、

「あ、ゴミだよ、拾う？」

と言ってきた。私は思わず顔をしかめてしまった。

昨年（二〇二〇年）の三月初旬のことだ。「新型肺炎」（当時はそういう言い方をされていた）がどうのこうの、といったニュースが盛んになっていたが、まだ全貌が見えていなかった。感染拡大を防止するために政府から全国の小中高に臨時休校要請が出て、四歳児が通う幼稚園も長い休みに入ることになった。

私はコロナのことがまだよくわからなくて、どうも空き缶が怖かった。これまではなんにも気にせず空き缶でもチリ紙でも素手で触っていたが、何かが缶の周囲にウヨウヨいるように見える。

あれ？　目が変わっている。私、ニュースにやられている。

嫌だなあ、とびくびくしつつ、教育というのはやったりやらなかったりすると子どもが混乱するから常に同じことをやった方が良い、と聞いたことがあるし……と、なけなしのアルコール入りウェットティッシュをポケットから引っ張り出し、それで空き缶を包んで拾った。その頃、アルコール入りの除菌ウェットティッシュや、アルコール消毒液、それからマスクが、軒《のき》並《な》み品薄になっていて、ドラッグストアやスーパーではまったく見かけず、ネット通販ではかなりの高額になっており、ウェットティッシュが宝物になっていた。私、何やってんだろ、と思いながら、ウェットティッシュで包んだ空き缶を持ちながら散歩を続ける。

しかも、その空き缶は、サントリー白角《しろかく》水割だった。〇歳児を抱《だ》っこ紐《ひも》で抱え、四歳児を追いかけながら、片手にサントリー白角水割の缶を持って歩いている私は、すれ違う人になんと思われるだろうか。外出自粛の中で育児に疲れてアルコールに逃げている人に見られやしないか。

せめてこの空き缶がコーラかぶどうジュースだったら良かった。

いや、でも、酒ということはアルコールが入っているわけで、ジュースの空き缶よりも、ウイルスがいる可能性は少ないのではないか、むしろ、ラッキーなのでは？　と頭に浮かんできた。知識のない私は、酒で消毒ができないことを知らなかった（厚生労働省はアルコール濃度が七十パーセント以上九十五パーセント以下のエタノールの場合に消毒ができるとしている。サントリー白角水割は九パーセントなので消毒はできない。当たり前だ。酒で消毒できるなら、みんな酒で手を洗うわ)。

いつもは、ゴミを拾ったときや、子どもがどんぐりや石を持ち帰りたくなったときのためにポリ袋をバッグに常備しているのだが、その日に限って持ってくるのを忘れていた。

うーん、つらいなあ、と商品名が隠れるようにウェットティッシュを空き缶に巻き付け、体から距離を作るように手を遠ざける。とはいえ、正直なところ、私はサントリー白角水割が好きだ。元来アルコールに耐性があり、ウィスキーも結構飲む。授乳中のためアルコールの飲用を止めているが、もともとは大好きなのだ。だから、自分にサントリー白角水割の缶は似合っている気もする。

本当は好きなのに、飲めない自分が、いやいや空き缶を持っている。

しかも、誰が飲んだのかわからない空き缶だ。川沿いで飲んで、そのまま捨てていくなんて、ろくでもない人に違いないな、と想像する。いや、やむにやまれぬ事情でモラルも何もかも捨ててやけ酒したのかもしれない。コロナで雇い止めがあちらこちらで起こっているという。倒産も始まりつつあるようだ。あるいは、医療従事者やライフラインを繋げる職業の人は、過酷な環境下で仕事をしていると聞く。もしかしたら、かなりのつらさのためにアルコールを必要とした人が飲んだものかもしれない。

ドキドキしながら缶を持ち歩いたが、あまり人とはすれ違わなかった。もしかしたら、散歩もみんな自粛し始めたのか?

その三月、ある雑誌に連載していたエッセイの執筆中、コロナに少し触れた。「コロナによって外出自粛が始まり、子どもの教育が止まっちゃったからどうしようか、家でもお弁当を食べて、挨拶《あいさつ》の練習をして、旅行をキャンセルしたから家の中で遊んでいる」といった内容で、ボツになった。「このコロナの状況がいつまで続くかわからず、コロナで家族を失った読者もいるかもしれない中なので、コロナには触れないでいただきたい……」といったような連絡を編集部からもらい、私も納得してペンディングにした。その時期、その状況が一ヶ月で終わるのか一年続くのかまったくわからなかったし、雑誌の場合は掲載までにブランクが空くし、その雑誌の性質からしても、確かに載せない方がいいな、と思った。

そうして、先の見通しがない中での執筆で感染症に触れるのは難易度高いぞ、と感じ、私はコロナに触れるエッセイをしばらく書かないことにした。

その時期に出回っていたコロナに関する文章は、外出自粛をして我慢をしているということ、感染対策をしっかりしているということ、医療従事者やライフラインをつなげる職業の人への感謝、コロナに罹《かか》ってしまった人へのお見舞い、といったものに限られていたみたいだった。

私の住むマンションは川の近くにある。それで毎日一時間ほど子連れで河川敷を歩くのを日課にしていたのだが、やがて桜が咲き始めると、「花見の自粛を」という雰囲気が世間に高まり、オープンエアでも駄目なのかと私も散歩をやめ、家に閉じこもるようになった。

○歳児の育児中で、且《か》つ出不精《でぶしょう》の私なので、もともと買い物は生協やネット通販に頼り切っていて、遠出はほとんどせず、電車やバスで出かけるのは稀《まれ》だった。内向的な性格のため、「人に会わない」という生活は、むしろストレスが減少した。

でも、散歩だけはしたかった。外の空気が吸えないことには弱った。

それと、仕事が進まないことで苦悩した。作家稼業は外出自粛の打撃を受けないのでありがたかったが、どうしてもこなせない。四月から始まる予定だった〇歳児の保育園は登園自粛をすることになり、四歳児の幼稚園も休みが延び、書店員をしているもうひとりの親は通常時よりも仕事がいそがしくなり、ワンオペで〇歳と四歳を一日中見ながら自宅で仕事をしたこの時期は、これまでの人生の中で一番大変だった。大変とはいえ、過酷とか悲しいとかではないので弱音を吐いてはいけないのだろうが、とにかくタスクが多過ぎて、頭が回らなくなった。

梅雨あたりが、大変さのピークだったように思う。仕事ができず、散歩ができず、苦しい。春の頃は、一、二ヶ月で終わることだと捉《とら》えていたのに、どんどん長引く。

それでも、七月あたりから保育園や幼稚園が始まり、世間のピリピリ感も薄れてきて、少しずつ調子が戻った。秋が過ぎ、冬が来た。

ただ、まだコロナは収束しない。この原稿を書いている今、コロナが日本でニュースになり始めてから一年が経っている。

だんだん腹がすわってきた。もう、エッセイを書こう。誰かを傷つけるかもしれないし、不謹慎なことも書くかもしれない。その覚悟を持とう。これから、白岩さんとエッセイを綴《つづ》っていきたい。

部外者だと思いたかった　白岩玄

国が緊急事態宣言を出してすぐの頃に（二〇二〇年四月）、第二子である娘が産まれた。コロナウイルスの感染のリスクを避けるため、立ち会いも面会もできない中での出産だった。

妊婦健診を受けていたときから、そういう形になるかもしれないとは言われていたので、ある程度覚悟はしていた。そして案の定、ぼくらが当時住んでいた名古屋でも、愛知県独自の緊急事態宣言が出され、妻は一人で出産しなければならなくなった。仕方がないこととはいえ、立ち会いを強く希望していた妻は落ち込んでいた。本当にあと数日早ければ立ち会いも面会もできていたので、不運だったというしかなかった。

それでも無事に娘は産まれ、ぼくも三十分だけではあったが、マスクを着用して娘に会うことができた。ぼくはおくるみの中で眠っている娘に「大変なときに産まれてきたね」と言った。同時に、世

の中で何が起こっているかを知らないこの子をしっかり守ってやらないとなとも思った。

ちょうどその頃、「コロナが変えた私」というテーマでエッセイの依頼があり、ぼくはその二人目の出産のことを書いた。自分にとっては大きな出来事だったたし、コロナ禍《か》における一人の父親の感情の記録として、今しか書けない当事者性のあるエッセイだと思ったのだ。

でもいざそのエッセイがネット上に公開されると、思いもしなかったような強い批判のコメントがついた。産院の医師やスタッフが感染のリスクを背負いながら必死で頑張っているのに、立ち会いや面会ができないことくらいで嘆《なげ》くなと言われたのだ。正直、頭をがつんと殴《なぐ》られたようで、自分を恥じた。たしかに周りが見えていなかったたし、あの状況下で世に出すものとしては配慮が欠けていた。

それ以降、ぼくは公の場でコロナに触れるのをやめ、黙々と日々を過ごした。すでに保育園の登園を自粛していたため、毎日家にいる三歳の息子の相手をし、産まれたばかりの娘の世話をした。幸いぼくと妻はどちらもリモートで働くことができた。でも小さな子どもが二人も家にいたら、仕事なんてろくにできない。人に会えない以上、互いの実家の家族を頼ることもできず、狭いアパートの中で一日の大半を過ごした。ときには息子を公園に連れていくこともあったが、三歳の息子はすぐにマスクを取ってしまう上に、平気で手で顔を触るので、ごく短い外遊びの時間にしかならなかった。

テレビのニュース代わりに見ていたツイッターでは、コロナ禍に苦しむ多くの人が悲痛な叫びを上げていた。特に医療従事者や、飲食業を営む人たちに対しては、もっと国がしっかり支援してほしいと切実に思うほどだった。あとは保育士も、自分が自粛前まで保育園に子どもを通わせていたからこそ、その大変さが想像できた。ろくにマスクもできない小さな子どもたちを、決して広くない部屋の中で延々とみなければならないのだ。おもちゃの消毒なんて追いつくわけがないし、園児や保護者がコロナにかかっていない保証もない。おまけに自分が感染すれば、保育園が休園になるだけでなく、ニュースになって個人を特定されかねない。大きなストレスとプレッシャーを感じながら目の前の子どもたちに笑顔で接しなければならないしんどさは相当なものだっただろう。

そうして「自分よりもずっと大変な人たちの声」を拾っているうちに、ぼくはだんだん自分がコロナの当事者ではないような気がしてきた。たしかに仕事はできないし、誰のことも頼れずに二人の子どもの世話をするのは大変だったが、どんなにしんどいと言ってもリモートで働けているわけだし、一人で子どもをみているわけでもなければ、来月の家賃が払えないわけでもない。早急に支援が必要かと言えばまったくそんなことはなく、むしろ多少の余裕がある人間として、少額でも困っている人たちに寄付をしなければならないような立場なのだ。

世の中にはおまえよりもはるかにつらい思いをしている人がたくさんいる。ぼくはいつからか、自分にそう言い聞かせて毎日を乗り切るようになった。たとえ家事や育児で疲れ切っても、休みらしい休みがなくても、おまえの暮らしはマシな方で、だから頑張るしかないんだと自分を鼓舞した。

今振り返れば、あの頃のぼくは明らかに病んでいたと思う。エッセイに対する批判や、ツイッターで目にした悲痛な声を、必要以上に体に取り込み、しんどい気持ちを押さえつけて平気なふりをし続けていた。自分だってそれなりに頑張っているのに、その頑張りを認めてあげられなくなっていた。

緊急事態宣言が解かれ、息子は保育園に行けるようになった。仕事をする時間を取れるようになり、精神的に追い込まれることもなくなった。さらに九月には、名古屋から妻の実家がある同じ愛知県の田舎の方に引っ越した。二人目が産まれたことで前よりも忙しくなったため、困ったときに妻の両親を頼れるというのも大きかったが、一番のメリットは名古屋にいるよりもコロナの心配をしなくていいことだった。

引っ越し先は車が必須で、外を歩いている人はほとんどいない。どこに行っても密になるようなことはなく、息子が通うことになった保育園も、マスクや手洗いはしているが、名古屋で通っていた保育園ほどの感染対策はしていなかった（名古屋の園では、タオル同士が触れ合わないようにしきりがあったし、食事の際にはアクリル板のついたてを立てていた）。

田舎で生活しているうちに、コロナのことが少しずつ遠くなっていった。相変わらずマスクは必須だし、手洗いうがいもしているが、自粛期間のような息苦しさを感じることはなくなった。もちろんそこには世の中の風向きもあったと思う。コロナのニュースが流れない日はなかったが、多くの人が休日に人の集まる場所に出かけるようになっていたし、ぼく自身も心のどこかで、日本は海外のように爆発的に感染者が増えることはないのではないかと勝手に安心するようにもなっていた。

ぼくは東京をはじめとする大都市に行くことを避けるようになり、逆に大都市からこちらに来る人に会うのをためらうようになった。半年前はコロナの当事者だと思ってエッセイを書いていた人間が、その頃にはもう「自分は部外者だ」と考えるようになってしまっていたのだ。というか、もっと正確に言うならば、ぼくは自分が部外者だと思いたかったのだと思う。部外者でいれば、いろんなことを考えなくて済むし、心穏《こころおだ》やかな日常を過ごすことができるからだ。

でも今回、山崎さんとコロナ以後の子育てについて育児エッセイを書かないかという話になって、やっぱりこのまま我関せずで口を閉ざしているのは良くないんじゃないかと思うようになった。ぼくは現実から目を背けて、物理的にも精神的にも逃げてしまっているだけだ。本当は部外者なんかではないのだし、仮にも物書きの端くれなら、コロナから逃げようとしたことも含めて、今この時代に生きていて感じることをきちんと言葉にするべきだ。

だからぼくはもう一度、コロナの当事者として育児エッセイを書いてみたいと思っている。コロナ下の世界で子育てをするというのが、実際のぼくが生きている現実だからだ。山崎さんも言っていたように、不謹慎だったり、誰かを傷つけたりするかもしれないが、恐れずに言葉にしていく中で、今まで見えなかったものが見えるようになればいいなと思う。

11

ウイルスが帰ったあとに

山崎ナオコーラ

神社でお参りしたあと、

「神様に何をお願いしたの？」

私の家にいる四歳児にたずねてみたら、

「ウイルスが森へ帰りますように、ってお願いしたんだよ」

という答えだった。

なるほどなあ、と思う。コロナウイルスは森からやってきたのだから、この病気の収束はウイルスが帰ったときだ、と考えるのは筋が通っている。

「森からやってきた」というところまでは、私がした説明だった。これだけ世の中で騒ぎになって、一時期幼稚園が休みになって、手洗いを一所懸命《いっしょけんめい》にやることになって、マスクをすることになって、遊びに出かけなくなって、さすがに「コロナウイルスっていうもののせいで、病気がはやっている」というのはなんとなく理解したみ

たいだ。けれども、大人みたいには状況にピンときていない。「どういうこと？」「どうなるの？」といった質問も出てくる。説明が必要だった。

白岩さんが、お子さんの出生時に感染予防のために立ち会いができなかったという話などを書いてくださっていた。自分の想像の行き届かないところが見えてきた。そうして、病院との付き合い方について私はぼんやり考えた。

病気や怪我《けが》や生や死で私たちは病院に世話になり、医師や看護師、助産師、看護助手、医療事務といった方々に感謝をするわけだが、ストーリーまで医療従事者に任せるのは難しい。

私も、子どもを出産することになったとき、もうひとりの親の立ち会いを希望していた。その理由は、「親の自覚を持ってもらうため」といったことより、「万が一、生まれた子に病気や『障害』などがあった場合、一緒に受け止めて欲しい。決断が必要なことがあれば、私だけでなく、もうひとりの親にも考えてもらって決めたいから」だった。また、もっと大きい病院へ子を搬送する必要が出たら、救急車にもうひとりの親が同乗してついて行って欲しかった（出産直後は移動できないため、私はついて行けないのだ）。

私たちの場合、ひとり目が前置胎盤《ぜんちたいばん》による帝王切開になり、その病院では分娩室《ぶんべんしつ》での立ち会いはできるが手術室での立ち会いはできないので、もうひとりの親は待合室で待つことになった。そして、ひとり目が帝王切開の場合、二人目の出産時に経膣《けいちつ》分娩を選択した場合は傷口の縫い目が開く可能性が高いため、医師は二人目の際も帝王切開を勧める。どうしても経膣分娩を希望する場合はVBACという方法があるらしいが、私はそもそも希望していなかった。私は、帝王切開という、医師の手による出産をとても気に入っていたし、立ち会いができないこと以外には、帝王切開に不満がなかった。二人とも「新生児《しんせいじ》仮死《かし》」という状態で生まれたためすぐに保育器に入れられ、もうひとりの親は抱っこはできず、ケース越しの面会のみだったので、もうひとりの親が親の自覚や感動などを味わったかどうか定かでない。ただ、子に病気や「障害」があった場合、もうひとりの親は、同じ空間にはいなくとも、外で意識して待っており、ほぼ同時に知ることになるはずだったので、私にとってはかなり心強かった。

結局、大きな困ったことは起こらなかった。ただ、小さい話にはなるが、前置胎盤による長期入院の乗り越え、予定帝王切開の誕生日決め、「新生児仮死」という言葉の受け止め、といったストーリーの共有はやっぱりありがたかった。

数年前、父ががんで死んだことがあるのだが、そのときも、「医療従事者のストーリーに乗っかるだけでは、生きたり死んだりできない」と私は思った。医師には、「これはよくあるがん細胞であり、とにかく一秒でも長く生きられるように医療技術をスマートに活《い》かそう」という考えがあると思う。ただ、患者や家族も、多様な存在であり、どうしたって自分の考えを持ってしまう。「がん細胞とは何か?」を、理解はできなくても自分なりに咀嚼《そしゃく》したい気持ちがあり、手術や延命治療の選択時に自分や家族の生き方を振り返るシーンがあり、他のがん患者とは違う、父は唯一の生を生きているという感覚があり、何パーセントの確率でどうのという話があってもくじ引きはできないなんてことも思った。もちろん、「患者の家族」として、医師や看護師の邪魔にならないように治療時には部屋から出るし、病院のルールは極力守るし、医療従事者に余計な時間や手間を取らせないように心がける。けれども、私たちは、ただの「患者」や「患者の家族」という、言われた通りに動くだけの受け身の存在にはなりきれない。どうしたって、考えてしまう。言葉の理解、ストーリーの把握などが必要だった。

コロナウイルスについても、高校でずっと理数系が赤点だった私に理解は難しいが、自分なりに受け止めたかった。

ウイルスというのは、生物だと定義する専門家もいれば、無生物だとする専門家もおり、曖《あい》昧《まい》な存在のようだ。

けれども、コロナウイルスの蔓延《まんえん》が始まると、世の中には、コロナウイルスに悪い顔が描かれたイラストや、「ウイルスをやっつけよう」「ウイルスに負けるな」と悪者のように仕立てる文章があふれるようになってきた。

コップや石に顔を描くことだってあるし、生き物でないものをキャラクター化するのには見慣れている。そこは、私も受け入れられる。

でも、コロナウイルスは悪者ではない、と思った。

人類が地球の隅々まではびこったから、自然と人間の棲み分けがなくなり、人から人への伝《でん》播《ぱ》も簡単になり、パンデミックが起こったのだ。

私たちは、「人新世（アントロポセン）」の時代を生きている。人類が、他の動物や植物に大きなダメージを与えている。私たちが、地球存続の危機を作っている。

ウイルスは悪意を持っていない。人類を滅ぼそうと考えて行動しているのではない。人間とウイルスが交わると、病気が起こるというだけのことだ。

そして、ウイルスの起源は、生物の遺伝子の一部が外に飛び出したもので、長期的に見れば、感染により遺伝情報を生物に伝え、進化を加速させている、という一面もあるらしい。

とはいえ、死が不可欠で、それが進化に繋がるとしても、「生こそが絶対的に善だ」という文化を作るのが人間だ。

私たちは、コロナウイルスに触ってはいけない。コロナウイルスから離れる努力をしなければならない。ただ、その努力は、コロナウイルスが悪者だから行うのではない。

私はもともと、『アンパンマン』の中の暴力やルッキズムが好きになれなかった。作者のやなせたかしは立派な人だ。私はやなせが大好きだし、『アンパンマン』という作品の七割ぐらいは好きだ。でも、やなせは戦時中に青春を送った人であり、時代の影響があると思う。もしも、やなせたかしが現代を生きる人だったら、「アンパンチ」なんて暴力を設定しなかったんじゃないか、ばいきんまんを黒くて歯がギザギザという外見に描いたりしなかったんじゃないか、と思う。

それから、この頃は、四歳児がウルトラマンなどのヒーローものにはまっていて、やっぱり暴力やルッキズムが気になる。ただ、これらの番組は毎年新しく作られていて、時代とともに変化はしているようだ。先日、『ウルトラマンZ』というテレビ番組を見ていたら、主人公のハルキが苦悩していた。レッドキングという怪獣は、自分の卵を守るために活動しているだけで、人間に危害を加えるために生きているわけではない、と知ったのだ。怪獣を倒し続けていいのだろうか、と罪悪感で苦悩する回は画期的だった。また、カネゴンという怪獣と仲良くするだけのほのぼの回もあり、四歳児はこの回が一番好きだったようなので、暴力のないウルトラマンをもっと作って欲しい。あとそれから、怪獣が人間の体を乗っ取るストーリー展開があるのだが、そこから「もう観るのをやめる」と四歳児が言い出した。これはルッキズムだなあ、と思った。怪獣というのは、人間とはまったく違う体つきで、いかにも悪者っぽい顔をしており、暴力を受けたあとは流血することなく爆発するので、やっつけても構わないと感じられるのだろうが、見た目が人間だと、たとえ体の中に怪獣が入っていても、暴力が恐ろしく感じられるのだろう。

とにかく、そういういろいろな思いがあって、このパンデミックに際し、私は「憎きコロナをやっつけよう」路線で子どもに説明するのはやめて、

「コロナウイルスっていうのが、森から出てきて、動物の体に乗ったり、人間の体に乗ったりして、世界中に広まったんだよ。コロナウイルスも、悪いことをしようとしているわけじゃないんだけど、人間がコロナウイルスに触ると病気になって、さらに他の人にもうつしちゃうから、あまり出かけないようにして、どうしても出かけるときは手洗いやアルコール消毒やマスクをして、これ以上広がらないようにするんだよ」

という説明をしてみた。

育児は、それぞれの考えによって進めるのがいいだろうから、私の考えをみんなに広げたい

気持ちはまったくない。みんなに同じ考えなど持って欲しくない。ただ、自分なりの考えを、それぞれ大事にしていいいんじゃないか、と思うのだ。

みんながそれぞれ、自分なりのストーリーを見つけるしかない。

コロナ禍の収束が、子どもの言うようにウイルスが森に帰ることで訪れるのか、ワクチンによって訪れるのか、集団免疫によって訪れるのか、共生によって訪れるのか、私は知らない。ただ、ウイルスを悪者に仕立て上げなくても、収束を願うことはできる、と私は思っている。自分なりに、「コロナ」「ウイルス」「病気」といった言葉に付き合っていきたい。

物語の力　白岩玄

小さな子どもにコロナのことをどう教えるかというのはなかなか難しい問題だ。うちの息子は三歳だが、言葉が出てくるのが多少遅かったせいもあって、まだちゃんとした説明をしたことがない。生活の中で、周りの大人たちがみんなマスクをしているのを見ていたり、どこの店に入る際も手を消毒していたりするので、そういったことにはもうすっかり慣れているみたいだが、なぜそんなことをしているのかはたぶん理解していないだろう。

ただ、いつかは説明しなくてはならないし、どうせ説明するのなら、できるだけ怖がらせたくないとは思う。コロナ禍はまだ数年続くと言われていて、息子はそれを前提とした世界で生きていかなければならないからだ。特に、大人たちが余裕を失っていたり、何かと不自由な生活を強いられる中で、不安やストレスを感じたりすることもあるだろうから、親として「大丈夫だよ」ということは伝えたい。

前回の山崎さんのエッセイで、コロナウイルスは森からやってきたと四歳のお子さんに教えた結果、お子さんがウイルスが森に帰るように神様にお願いしたという話がとても心に残った。小さい子どもには理解できないような難しいことを伝える際に、物語の力を借りるのはすごくいい方法だ。しかも、コロナウイルスは、人間の生を基準にして考えるから悪しきものだというふうに見られてしまうのであって、ウイルスそのものに悪意はないという捉え方も本当にその通りだと思う。たくさんの人の命を奪い、日常生活をおびやかしている以上、コロナが忌《い》むべきものに思えてしまうのも仕方がないことではあるが、何かを悪者にして自分を正義の側に置く考えは、わかりやすい反面、危ない要素も含んでいる。いつしかそれが増長

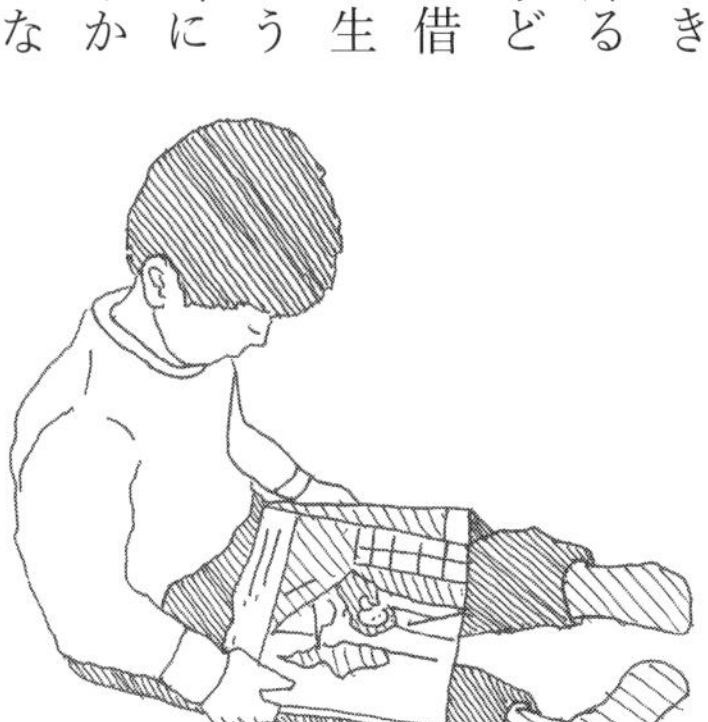

して、自分に害を与えるものを悪だと決めつけるようになってしまったら、物事を考える際にもっとも重要な「自分は正しくないかもしれない」という感覚を持つのが難しくなる。山崎さんも言っていたように、「憎きコロナをやっつけよう」という路線では、ぼくも教えたくない。

あと、もうひとついいなと思ったのが、お子さんが山崎さんの教えた物語を聞き入れて、コロナウイルスを必要以上に怖がることなく受け入れているところだ。山崎さんが教えたタイミングや、その伝え方、さらにはその物語を共有するための土台がある程度作られていた（日々の会話や、絵本の読み聞かせなどで、何かが森から来たり帰ったりする物語の共有が行われていた）のではないかと推測するが、親が与えた物語を、受け手である子どもの側がきちんと受け取るというのは案外難しいことだったりする。コミュニケーションが相互のものである以上、送り手の発信したものが受け手の感性にフィットしないことがあるからだ。

これはコロナとは関係のない個人的な話になるが、ぼくは六歳で父を亡くしたときに母が言った「お父さんは天国に行った」という物語をうまく信じることができなかった。あまりにも突然亡くなったがために、心の準備ができていなかったことや、天国というものが曖昧《あいまい》でそんなに親しみのないものだったことから、父親と天国が自分の中でうまく結びつかなかったのだと思う。もちろん大人になった今では、母は小さかったぼくを傷つけないように直接的な表現を避けてくれたのだと理解できるし、だからそのことを責めるつもりは毛頭ないのだが、それはそれとして、当時のぼくには何かもう少し違う説明が必要だったのだ。なぜなら結果的に、ぼくは人の死というものがどういうものなのかよくわからないままその後の人生を生きることになったからだ。

抽象的な言い方をしてもいいのなら、そこには常に空白がつきまとっていた。その空白は、ぼくをやんわりと独りにしたし、幸せな子ども時代を送る上で必要な、家族との一体感のようなものをぼくから奪っていったように思う。ぼくは結婚して自分の家族ができるまで、身の周りにいる人をあまり身近に感じることができなかった。ぼくと他人とのあいだには、いつも透明な薄い壁のようなものがあって、それが誰かとしっかり繋がっているという感覚を持ちにくくしていたのだ。

さらに、もう少し厳密な話をすると、当時のぼくは父の死を受け入れるための物語を見つけることができなかっただけでなく、自分で作りだした悪しき物語を信じ込んでしまっていた。というのも、父が亡くなる少し前に、空気のない場所に投げ出された父が酸素を得られず、呼吸ができずに死んでしまうというリアルな夢を見たのだが、その後、父が本当に亡くなったがゆえに、日常生活の中でごく普通に呼吸をするのが怖くなってしまったのだ。そのため、ぼくは着ている服の襟《えり》を手で引っ張って、服の中で呼吸するようになり、母親や保育園の先生に心配された。でも、ぼくにとっては、そこだけが安全に呼吸できる場所だったのだ（おかげで当時着ていた服はすべて襟元がだるだるになってしまったが）。

それ以降も、強迫性障害だと思われるその症状は改善されず、今度は特定の数字に執着し、何を触るときでも、決められた回数触らなければ落ち着かないという状態が数年続いた。この頃にはもう自分でもおかしいとはっきり気づいていたので、必死に隠していたのだが、それゆえに周りにはつらさが伝わらなくて、ずいぶんしんどかった覚えがある。

もっとも、ぼくが感じてきた空白や、強迫性障害になった原因が、すべて「いい物語」が見つからなかったことにあると思っているわけではない。でもあのとき、父親の死という小さな子どもには到底抱えきれない現実を受け入れるために、自分の感覚にフィットする物語を見つけることができていたら、ぼくはもう少し不安やストレスを感じずに子ども時代を過ごせていたような気がするのだ。そしてだからこそ、山崎さんがお子さんの感性にフィットした物語を見つけ出し（そこには暮らしの中で、物語が共有できる土台をこつこつと作っていたことも含まれる）、それによってお子さんがコロナウイルスを自分なりに理解して、消化できていることに感動したのだと思う。そこには、親子のコミュニケーションがうまくいっている以上の、何か柔らかくて温かい膜のようなものがあるように思える。

ぼくは二十一世紀のこの時代に、根強く生き残っているサンタクロースの物語が好きだ。十二月になると、普段物語なんてたいして意識していないような大人たちが、一斉にこの物語の語り手になる。そしてその使い古されたストーリーを壊さないようにするために、あの手この手を使って子どもたちにサンタの存在を信じさせようとする。大人が子どもに語る物語は、ああいうものであってほしい。サンタが証明しているように、いい物語には、人を守り、他人同士を結びつける力がある。

もっとも、何もかもに物語が必要なわけではないとは思う。むしろ大事なのは、会話の積み重ねや、見たものや経験したこととの共有による土台作りの方だからだ。それに物語までいかなくても、もっと単純に、子どもに説明した方がいいんじゃないかと思うようなこともある。たとえば、三歳くらいまでの子どもで、自分がなぜ保育園に行っているかをきちんと理解している子は、そんなにいないのではないだろうか。正直、ぼくも「パパは仕事しなきゃいけないんだよ」くらいの説明しかしたことがないし、もしかしたら、ときどき行きたくないと息子が泣いているのは、保育園に通っている理由を彼が理解できるような形で話していないからなのかもしれない（もちろん、きちんと理解した上で行きたくないという場合もあると思うが）。

なんだか書いているうちに、いろいろなことを全然息子と話していないような気がしてきた。たとえうまく伝わらなくても、何度も繰り返し話し、疑問に答え、様々な景色や体験を共有することで、息子は自分の身の周りで起こっていることを、少しずつ理解してくれるようになるのかもしれない。それであらゆる不安が取り除けるわけではないが、やってみる価値は十分にある。

いつか息子がコロナのことを自分なりに理解して受け入れられる日が来ればいいなと思う。ぼくも、その手助けになるような物語が見つけられるように、日々の会話を積み重ねたい。それはたぶん、手洗いやマスクをすること以上に大事なことなのだ。

12

仕事とコロナ　山崎ナオコーラ

　白岩さんが、お子さんが保育園に行く理由に関して、「『パパは仕事しなきゃいけないんだよ』くらいの説明しかしたことがない」と書いていた。考えてみれば、私も理由をちゃんと話していない。「今日は書くから遊べないよ」「見なきゃいけないゲラがいっぱいあるんだよ」など、しょっちゅう私は言っているが、「なぜ、仕事をするのか？」について話したことはない。いや、「なぜ、私は仕事をしなければいけないのか？」「なぜ、子どもを預けたいのか？」、自分自身に対しても、うまく説明できない。

　金がなければ生活できない、ということはもちろんあって、貯金を作れていない私は一ヶ月でも収入が止まるとゲームオーバーになってしまうわけで休めないのだが、ただ、貯金がない理由は、労働に対して収入が少なすぎるとか、過酷な職場とか、雇ってもらえないとか、といったものではなく、計画性のなさや浪費癖によるとこ

ろが大きい。浪費といっても宝石やブランド物は一切持っておらず、豪遊もしていないのだが、どうも現在の収入に見合った生活ができていない。ちょっと節約したり、簡単な人生設計を立てたりするだけでも変わるのだろうに、それができない。財布のヒモがゆるいというか、ヒモを結んでいない。

そんな私が子どもを預けることに、後ろめたさがある。世間にただよう「子どもを他人に預けて働く親」のイメージは、もっと必死な感じがあって、自分はそこに合わない気がする。甘えているようで、申し訳ない。

コロナ禍が始まって、「医療従事者へ拍手を」「エッセンシャルワーカーに敬意を」といったフレーズをよく耳にするようになった。

本当にそうだな、と感謝をしながら、ちょっと考え込んでしまう。

そういった仕事ではない職種に就《つ》く多くの人が、「では、自分の場合は、なんのために仕事をしているんだろう？」と考えたのではないか。私も額に手を当てた。

自分の仕事は、社会的に意義があるのだろうか？　どうしても今やらなければならないことなのか？

人気作家なら、「心の栄養のために」「元気づけるために」という理由があると思う。でも、私が書いているのはそういった作品ではない。必要とされてはいない。

まだ感染対策を理解できない子どもたちを相手に、保育士さんは大変な苦労をしているはずだ。

私はフリーランスであり、自分でスケジュールを組める。また、私がやらなくても、その雑誌に文章を書きたい人は他にたくさんいる。それなのに、保育士さんに苦労をかけながら、自分の仕事をする必要があるのか？

数年前、ひとり目の子どもの「保活」の際、激戦区に住んでいる私は、保育園に入れられなかった。

そのとき、パキッと気持ちが折れた。いや、折れたというより、前向きな変化が起きた。若い頃の私は、勝ち負けにこだわり、上昇志向が強く、金儲け主義だった。だが、この「保活」落選当たりから、私は年を取り、道が変わった気がする。まったく逆方向を目指し始めた。

枠の取り合いをがんばりたくない。この世では、保育園に通える子どもが限られて、働く時間を十分に取れる大人に限度があるのならば、私があぶれるということでいい。仕事でも、雑誌の掲載枠や、文学賞の受賞枠の取り合いに努力したくない。先輩芸人に認められないと芸人として生き残れないM－1スタイルの世界なんて、ばかばかしい。そんな世界こっちから願い下げだ。もう認められなくていい。異世界に行く。本は作りたい。テキストも綴りたい。でも、もう、文学じゃなくなったっていいくらいだ。

応援してくれる編集さんには悪いが、担当作家は私だけではないはずだし、良い大学を出て一流の出版社で働いている方々なのだから、私が仕事をできないだけで多大な迷惑がかかるとは思えない。

そんな気持ちが、コロナ禍の中でさらに膨《ふく》らむ。

本も文章も、大好きだ。本作りも執筆も、絶対に続ける。だが、この路線の考え方は、仕事よりも趣味っぽい道なので、「今、必死にやらなければならない」という感じが薄くなる。金のため、という理由でも、「節約を工夫して、切り詰めて、切り詰めて、それでも明日の子どものミルクがありません」というのではなく、「財布のヒモを結んでいないので、毎月、働かないといけないんです」という感じであり、世間に顔が立たない。それに、私はどうも、金というものが信じられなくなってきた。

自分の仕事ってなんなのだろう？　どうして、人の手を借りてまで、仕事をするのだろう？　おそらく、今、多くの人がこの疑問を抱えている。リモートワークが増えて、同僚などと話すことが減ったことも拍車をかけているかもしれない。これまでは、仕事に関するちょっとした雑談が、モチベーションを上げていたのではないか？

私も、編集さんとの打ち合わせや、作家の友人との会合がほとんどなくなり、「自分の仕事は大事なものだ」という客観的な視点がなくなった。

でも、ここで何かが見えるのかもしれない。人と比べることができず、感謝や金が返って来ることがなく、同じ仕事をしている人と励《はげ》まし合《あ》うこともない中で、やっと見えてくる何かが、仕事の芯《しん》なのかもしれない。世間から必要とされなくても、自分ひとりだけで「この仕事は大事だ」と感じられる塊《かたまり》が心の奥にある。

新しい働き方

白岩玄

コロナ禍によって変化した自分の仕事をどう捉え直すかは、初めてのことだからこそ答えがなくて、みんな悩んでしまうのかもしれない。

山崎さんと少し違う方向ではあるが、ぼくもコロナ禍の働き方については、なかなか指針が見つからない。最初に変化を求められたのは自粛期間中で、あの頃は本当にどうやって働けばいいのかわからなかった。

傍《はた》から見れば、おそらくうちは恵まれていた方だと思う。保育園の自粛によって三歳の息子が毎日家にいる上に、生まれたばかりの〇歳の娘の世話をしなければならなかったが、ぼくも妻もリモートでの仕事が可能だったので、二人体制で家事と育児をすることができた。感染のリスクがある以上、いっさい周りを頼れない状況ではあったとはいえ、一人で仕事と家事と育児をしなければならなかっ

た人に比べれば、ずいぶん余裕があっただろう。

　ただ、やはりそれでも、小さな子どもたちがすぐ側《そば》にいる中で仕事をするのは難しかった。片方が二人の子どもをみているあいだに仕事をするにしても、狭いアパートの中だと、どうしても子どもが邪魔してくる。どれだけ「お仕事してるからちょっと待ってね」と言ったところで、上の子はブロックで作ったものを見てほしがったり、ままごとで人数分用意したごはんを配膳しにきたりするし、下の子は下の子で、すべてにおいて親の助けを必要とするわけだから、そこに手を取られている隙に上の子が仕事部屋に入ってきたりして、しょっちゅう中断させられる。特に文章を書く仕事は（ぼくの場合はだが）、ぐっと集中して入り込まないとなかなか書き進めることができない。ちょっとした直しや事務作業なら何も問題はないのだが、新しい原稿を書くということが本当にできなかった。そのため、本腰を入れて仕事ができるのは、どうしても子どもたちが寝てからになるのだが、一日中家事と育児に追われていると、まるで余力がなく、寝かしつけをしながら眠り込んでしまうことも日常茶飯事だった。

　一度目の緊急事態宣言が解除され、上の子が保育園に通えるようになってからは少し状況が改善されたが、依然として解決しないというか、居心地が悪いなと思いながらやっていることもあった。それは今やすっかり当たり前のものになったオンラインの仕事で、打ち合わせやイベント、メディアへのリモート出演など、今では顔を合わせてする仕事はほとんどがその形になっている。わざわざ出向かなくていい楽さはあるのだが、家の中にまだ下の子がいる以上、基本的には妻とスケジュールを調整し、彼女にみてもらっているあいだにやるしかない。ただ、ものによっては、家でやるからこそ心労が増えるんじゃないかと思うことがあるのだ。

たとえば、ある程度付き合いのある編集者との打ち合わせであれば、別に何の問題もない。用事をしている妻の代わりに、一時的に下の子をみなければならない場合も離席することが可能だし、なんならカメラの前に下の子を連れてくることだってできる。大泣きしたりして、あまりにもうるさくされると困るが、そうでなければ、抱っこしたり、抱っこ紐に入れながら打ち合わせをすることは（少なくともぼくの方は）抵抗を感じない。

ただ、初めて仕事をする人だったり、お客さんのいるオンラインイベントだったりすると、そういうわけにもいかない。基本的には離席せずに、子どもがぐずっていたとしても、仕事を続けなければならない。家の中でやっている以上、ある程度は家庭の事情を持ち込んでも仕方がないと割り切ってもいいのだが、相手が気にするかもしれないと思うと、どうしても萎縮《いしゅく》してしまうのだ。

つい先日も、生放送のラジオ番組にリモート出演したのだが、そのときは下の子の泣き声が放送に紛《まぎ》れたりしないように、妻にお願いして外に連れ出してもらった。本来なら自分が出て行けばいいのだが、ぼくが今住んでいるところは田舎なので、静かな個室でネットが使えるような場所がほかにないのだ。だからやむなくそういう方法をとったものの、終わってから今後はこういう仕事を受けるかどうか悩んでしまった。いくらたまにしかない仕事とはいえ、家族を家から追い出してまでやることなのか？　と思ったのだ。

そんなわけで、聞く人が聞けば、取るに足らない悩みだと思われてしまうかもしれないが、ぼくはまだコロナ禍の働き方に、いまいちなじむことができていない。なんというか問題は、本来、社会的な自分でやるべき仕事を、個人的な自分を要求される家の中でやっているところにあると思うのだが、その二つをうまく両立させなくてはならないのが、コロナ禍の働き方なのかもしれない。そしてそれは、頼る人がいない、たとえばワンオペの人やシングルの人にとってはかなりきついことだろう。打ち合わせや会議などのオンラインの仕事を、子どもを誰かにみてもらわずにやるなんて、どう考えても無理がある。

でもじゃあ、誰もが働きやすくするためには、どうすればいいんだろう。明確な答えはないのだが、つい先日、ちょっとした希望を感じることがあったので共有したい。YouTubeにあがっていた、二〇一八年頃のBBCのニュース番組の抜粋なのだが、リモートで出演していた男性記者の仕事部屋に、二人の小さな子どもが入ってきてしまい、慌《あわ》てて母親が連れ戻すという動画がある。SNSで拡散されて話題になったので、観たことがある人もいるかもしれない。ぼくも当時ツイッターで流れてきたのを見て笑った覚えがあるのだが、驚いたのは、動画の男性記者がその失態のおかげで、イギリス国内でちょっとした有名人になっていたことだ。彼は「生放送中にとんでもないことをしでかしてしまった。BBCからもう仕事はもらえないだろう」と落ち込んでいたそうだが、後日BBCの方からご家族と一緒にインタビューさせてほしいと依頼があったらしい。ぼくはリモートで働く人に対するその肯定的な捉え方に、人々の温かさとメディアの寛容さを感じた。この他にも、同じくBBCのニュース番組で、専門家としてリモート出演をしていた女性のうしろに、五歳くらいの娘が入ってきて、お気に入りの絵をどこに飾ればいいかを母親に訊《き》いている動画があるのだが、そのときもスタジオにいる男性キャスターは、まず娘の名前を尋ね、女の子が「この人は誰？」と訊いてきたので自分の名を名乗り、彼女がどこに飾るのがいいか迷っていた絵を置く場所のアドバイスまでしてあげていた。

イギリスでは、仕事中でもこういったやりとりをするのは当たり前のことなんだろうか？仮にも公共放送が、ここまでの対応を普通にしているのがすごい。彼らはそこにいる子どもの自由を尊重し、親の責任を問うたりもしない。生放送中に期せずして映り込んだひとつの家庭を「そういうものだよね」とごく自然に受け入れている。

前述の男性記者には、さらに後日談があり、コロナ禍になってから、彼はリモートワーカーとして家族とともにBBCから再び取材されている。そのインタビューの中で、一緒にいる子どもたちが落ち着いて座っていないことを男性記者が謝《あやま》ると、年配の男性キャスターは「謝る必要はない、あなたがそれを謝ってはダメです」と首を振っていた。そしてコロナ禍で多くの人が在宅勤務をしていることに触れ、数年前はあなたの映像に笑って喜んだ人たちが、今では共感しているであろうことを伝えた上で、「それは新しい働き方だし、世の中を変える気がします」とまで言っていた。

ぼくはそのやりとりを観て、ちょっと胸が震えたし、勇気をもらった。自粛期間中、というか、その動画を目にするまで、ぼくの周りでそんなことを言ってくれた人は一人もいなかった。もし国民の多くが観るような大きなメディアで、そんなふうに労をねぎらい、自信を持たせてくれるようなメッセージを流し続けてくれていたら、ぼくもあの苦しかった自粛生活を、もう少し違うふうに捉えられていたかもしれない。男性キャスターが言ったように、自分たちは新しい働き方をしているんだ、ここに可能性があるんだと思えたかもしれない。

一人一人が自分の仕事をどうやって続けていくかを考えることも大事だが、社会の側が自分の働き方を肯定してくれることで力が湧《わ》いてくることもあるのではないだろうか。ＢＢＣを真似してくれとは言わないが、そういったことは経済的な支援とは別に、もっと必要な気がするのだ。

13

家族と仕事　山崎ナオコーラ

確かに、コロナ禍によって、新しい働き方がぐんと世の中に広がった。

以前の社会には、「自分の人生には仕事しかない」という顔をしなければ職業人として認められない雰囲気があった。育児が大変な時期でもそれを周囲に感じさせないよう配慮し、「育児をしていない人とまったく同じ形で働けます」と言うのがマナーだったように思う。

でも、今の社会においては、「自分の人生には、家族や友人との関係や、家事や育児や介護や療養などの任務もあります。並行して、仕事もがんばります」という顔でも職業人になれる。そう、たとえ利益を追求したいという考えを大事にするとしても、その人が他にも何かやりながら社会や企業を潤《うるお》すなら、何も問題はない。あるいは、人生の他の部分も大事にすることによって人材の流出を防げた

り、斬新なアイデアが入ってきたりして、社会や企業はむしろ得をするかもしれない。多くの人がそのように考えるようになってきたのだろうか、オンライン会議に子どもが映り込んでしまうハプニングを社会が許容したことに希望を感じる。

これからの時代では、「たくさんのことを並行してやりながら、社会を良くします」と堂々と言えそうだ。副業を許す企業も増えているらしい。そして、育児者としては、非育児者の事情や環境に配慮することが大事だと感じている。ひとり暮らしの人だって、仕事だけに生きているのではなく、趣味や友人付き合い、病院通いなどの中で仕事をしている。たくさんのやりたいこと、やらなければならないことと共に、仕事に就ける時代が来る。

作家の場合も、昔は育児をしている人が少なかった。育児をしない人生を選択をした理由は人それぞれのはずだからまとめて考えてはいけないが、私よりひと世代ふた世代上の作家たちは、育児をせずに文筆業に専念している人が多いようだ。割合の高さから、「パートナーが主婦あるいは主夫になって育児に専念してくれる場合のみ子どもを持てる」という労働環境だったのではないかと想像してしまう。趣味で小説を書く伯母から、「小説を書くために中絶をした人を知っている。小説家になりたい人はいっぱいいるんだよ。本を出せるっていうのは、すごいことなんだよ。本を出せて、子どもも産めるって、ものすごい幸せなんだよ」という話を聞いたことがある。だが、自分を幸せだと定義してはいけない、と私は思った。私は中絶という選択肢がある社会の方がいいと考えているのだが、「小説のために」というのは理由としてどうも受け止められない。勝手な想像はいけないが、その中絶は、小説のせいというより、時代のせいで起こったのではないだろうか。育児をしながらでも小説が書ける時代にしたい、と思う。

コロナ禍で、オンライン打ち合わせや、オンライン対談、オンラインイベントがどんどん増えた。

感染の可能性をなくせる、というのが主なメリットだが、療養中でも育児中でも遠く離れていても仕事に参加できる、というのが当事者にとってはかなり嬉《うれ》しいことだった。いい時代が近づいた風《かぜ》を感じる。

子どもが家にいるとき、小説を書くのは難しいが、一歳児を抱っこ紐で抱っこしながらオンラインインタビューを受けさせてもらったり、五歳児に別室で動画を観せておいてオンライン打ち合わせをやったりしたことがある。

また、オンラインイベントでは、化粧しなくていいや、と思うようになった。画面のスクリーンショットがｗｅｂや雑誌に掲載されることもあるが、粗いのですっぴんでも気にならない。ピアスも随分していないので、耳の穴が塞《ふさ》がったかもしれない。おしゃれが好きな人にはつらいかもしれないが、私には楽でいい。ついでに全体三ミリの丸刈りにしてみた。化粧やドライヤーがこれまで自分の仕事や育児に負担だったことがよくわかった。

オンラインで仕事ができるようになって、可能性が広がった。

ただ、最近、仕事と家族の間の線引きに、ちょっと悩んだことがある。

私は、書店に自分が書いた本を置いてもらいたい。また、サイン本を書かせてくれる書店があるのならば、たくさんサイン本を作りたい。ＰＯＰも書きたいし、インタビュー記事やフリーペーパーなどの販促もしたい。

もうひとりの親は書店員をしており、そこだと三冊サイン本を作り、売れたら継ぎ足す、というようなことができる。

書店は本を買取ではなく委託販売をしている場合が多い。そのため、売れ残った本は出版社へ返品できる。ただ、サイン本は、汚れと同じなので、返品ができない。人気作家のサイン本だったら常に書店から喜ばれるだろうが、そうではない作家のサイン本は不良在庫になる可能性を秘める。そのため、書店は慎重になる。十冊どんと作るよりは、売れたら継ぎ足す方が不良在庫を作りにくい。だから、作家が頻繁《ひんぱん》に少しだけサインをするのがいい。これが作家と書店員が同居していると可能になるので、三冊持って帰ってもらい、サインをして、次の日持っていってもらう、ということをした。

しかし、ある日「旦那さんが書店員だと、本を置いてもらえていいですね」とある作家が言っていたと聞いてつらくなった。私は、家族だから優遇してくれているとは考えていなかった。作家としていいと思ってくれたから、サインを依頼してくれたり、本を置いてくれたりしているのだ、と思っていた。ただ、同じ家に住んでいるため、やりやすさはあった。それは、確かに不平等なのかもしれない。多くの作家が、サイン本を作りたいはずだ。どうやったら、公明正大な作家になれるのだろう。

私としては、他のお店の書店員の人からだって、頼んでくれる人がいたら、ぜひ書かせていただきたい。でも、なかなかそういう依頼はこない。出版社も、力を入れなければならない本がたくさんある中で、少部数の本に人件費をそんなに割《さ》けないので、出版社から書店さんに営業してもらうのも難しい。人気作家とは違う細々とした努力をするしかないと思っていたわけだが、平等な世界は作れていなかったかもしれない。

作家にとって書店は舞台だ。平等に舞台に立ちたい。

これからは、もうひとりの親にこちらから書籍に関する頼みごとや説明は一切しない。もうひとりの親が勤める店の文芸書ご担当の方からの依頼があれば、それはもちろんお受けしたい。でも、こちらからは言わないようにしようと思う。

現在、書籍の売り上げに一番関係すると言われる文学賞、作家が一番憧《あこが》れる賞、そう、全国の書店員が投票できるというあの「本屋大賞」も辞退しよう。まあ、もうひとりの親はもう何年もずっと投票に参加していないので無関係になってしまってはいるのだが（投票者はエントリーされている十冊すべてを読まなくてはいけないという規定があり、その読書時間を作れないらしい）。とはいえ、私の作品は、かすりもしていないので、辞退するか否かなど考える立場でもなかった（ははは）。

「家族を利用していると思われてしまう」関連では、育児エッセイを「子どもで稼いでいる」と思われてしまうことがある。だが、育児をしていない作家だって、猫とか料理とか会社勤めの話とか園芸とか、身近なことを書いている。ちなみに私も園芸のエッセイを書いているし、たとえ育児をしない人生を過ごしていても、そのときどきの身近なことをエッセイにも小説にもする。私には、たとえ育児エッセイでも、子どもではなく考え方で仕事をしている自負がある。

以前、「自分の子どもの『障害』について書くようになったら文学者として終わりだ」といったお考えの作家の話を聞いたことがあるのだが、私の場合は、それを書くべきだと考えている。むしろ、それが文学ではないのか。それが仕事なのではないか。

個人の出来事を、社会の出来事だと捉え直すことが、仕事だ。私は、自分の日記を公にしていない。そのままの個人の文章は、仕事にならない。育児エッセイとして発表するのは、個人の出来事を綴っていても、社会に関する文章になったときだ。

それが私なりの家族と仕事の間の感覚ということなのかもしれない。個人の出来事が持つ社会性を信じるのだ。

家族のことを書くために　白岩玄

個人の出来事を、社会の出来事だと捉え直すのが仕事だ、と山崎さんが書いていたが、たしかにぼくも、ここ数年はそういう意識で仕事をしている。エッセイや小説で扱うテーマは、ほとんどが個人的なことだし、おそらく今後も何かしら個人的なことを社会的な問題に結びつけて文章を書いていくだろう。

ただ、この育児エッセイもそうなのだが、個人的なことをエッセイに書こうとすると、どうしてもそこに家族が絡《から》んできてしまうことがある。書くのはぼくの気持ちひとつでできてしまうし、編集者がそれを世に出したいと思ってくれれば、仕事としては成立するわけだが、自分の意志とは関係なく引っ張り出された家族にしてみれば、たまったものじゃないと思うこともあるだろう。

一応、ぼくには家族のことを書く際のルールがあって、ひとつは、本人が読んで嫌がりそうなことは書かない。もうひとつは、内容についてのOKを自分だけで出さずに、必ず妻に読んでもらう。この二つをできる限り守るようにしているのだが、そんなふうにルールを設けたからと言って、気兼ねなく家族について書けるわけでもない。読んだ人からの反

応で、誹謗中傷的《ひぼうちゅうしょうてき》なことを言われる可能性だってあるのだから、書きたいけどやめておこうかなとためらうことはしょっちゅうある。

育児エッセイを書いている以上、「子どもで稼いでいる」と思われてしまうことについても、よく考える。ぼく自身が子どもが出てくるコンテンツを見た際に「子どもで稼ぐなよ」と思うことがあるから、余計に気になってしまうのかもしれない。つい先日も、三歳の息子がYouTubeを見たがるので一緒に観ていたのだが、子どもが顔出しで出演している一般の方の動画になんとなく心がざわざわして、別の動画に変えてしまった。おまえも似たようなことをしているじゃないかと言い聞かせはするのだが、ネットでの中傷が当たり前にあるこの時代に、子どもを矢面《やおもて》に立たせるのはどうなんだと思ってしまったのだ。

もっとも、雑誌か何かでインタビューに答えているのを読んだのだが、子どもを顔出しさせているYouTuberは、そのリスクをよくわかっているからこそ、いろいろとルールを設けていたりもするようだ。子どもが嫌だと言ったらその時点でやめるとか、小学校に上がる段階で続けるかどうかを子どもと話し合うなど、子どもの自主性を重んじているようだったし、あとは自宅を特定されるのを避けるために、家の周辺では撮影しないようにしたり、公共の交通機関でどこかから帰って来た際も、家族に車で迎えに来てもらうか、どんなに近くてもタクシーで帰るようにしていると言っていた。その他にも、同世代の子どもたちが見るものだからこそ、影響を考えて動画内でも言葉遣いに気をつけたり、外での撮影の際は交通ルールをきちんと守らせたりしているらしい。

なので、YouTubeで顔出ししている子どもに対していい印象が持てないのは、そうした裏にある努力を見ようとしないぼくの偏見も大きいと思う。だいたいメディアで顔出しするのが良くないのだとしたら、テレビで活躍している子役の子たちはどうなんだという話になる。ぼくは未就学児だった芦田《あしだ》愛菜《まな》ちゃんがドラマで泣いているのを見ても「すごい子がいるなぁ」と感心していた人間なので、要は新しくてまだ社会に定着しきっていないものを否定しているだけなのだろう。

まぁ他人のことはいいとして、気になるのはやはり自分と子どもとのことだ。あらためて考えると、ぼくは子どもたちから何の許可も取らずにこの育児エッセイを書いてしまっている。もっとも三歳と〇歳なので取りようがないのだが、ある程度わかるようになったときに、一度きちんと話した方がいいだろうなとは思う。妻はぼくの仕事を理解してくれているし、これまでの信頼関係があるから好きなように書かせてくれるが、子どもたちにとって、ぼくはただの「パパ」であって、物書きの父親ではないのだ。それに信頼関係だって、妻のように一緒に何かを乗り越えてきたわけではないから、現時点ではそこまで深いものではない。

子どものことを勝手に書いていることについてどう思うか妻に訊いてみると、「それはこの先、子どもたちとどういう関係を築いていくかで許してもらえるかどうかが決まるんじゃない？」ともっともな答えが返ってきた。しかもそれだけでなく、「私も今は信頼しているから何を書かれても構わないけど、もし将来的に自分が裏切られるようなことがあって、あなたのことが嫌いになったら、書かれるのは嫌だと思うかもしれない」と言われてしまった。

でも、そうだろうなと思う。誰だって心底嫌いになった人には自分のことを書かれたくないだろうし、子どもたちに対しても、いろいろと欠点はあってもそれなりに信頼できる父親だと思ってもらえるように関係性を構築していくしかない。そう思うと、書くことよりもずっと日々の生活の方が大事というか、家族とどうやって信頼関係を築いて維持していくかがぼくにとっては最も重要なことであって、それが今後も個人的なことを書き続けるための条件と言えるかもしれない。

もちろんそういうのも全部無視して、たとえ家族を傷つけようと書きたいように書くのが作家だという考えもあるだろうが、ぼく個人はあまりそういうことをしたくない。たとえつまらないと言われても、家族とのつながりを維持する中でしか書けないものがあると信じたいし、実際にそれは、あらゆる人を裏切ってみんなに呆《あき》れられながらものを書くのと同じくらい難しいことだと思う。

でも考えてみれば、最近は小説も、普段の生活をきちんと送っていないと書けないと思うことが増えた。実際の生活の中で生まれてくる感情や思考をベースにしないと、自分が作る物語にリアリティーが宿らないように感じてしまうのだ。そしてそれはエッセイでも同じことで、特にこの連載は、コロナ下で過ごす家族との時間がしっかり取れていないとなかなか書き上げることができない。毎日きちんと家事をしたり、子どもたちの世話をしたりしていないと、文章に嘘が混じってくるというか、細かなニュアンスを伝える際に、夫や父親としての自分が信用できなくなって、どういう言葉を選べばいいのかがわからなくなってしまうのだ。だからパソコンの前に座ってそれらしい文章を一行書くより、まず娘のオムツを替えたり、散らかったおもちゃを片づけたりする方が、結局はエッセイのためになったりする。

個人の出来事を社会の出来事だと捉え直すのがぼくにとっての仕事だが、それをするためには、そもそも個人の出来事の中に、一人の人間が確かに何かを抱えながら生きているという「暮らしの重み」のようなものが必要だと思う。ぼくの場合は、その多くが妻や子どもたちとの生活から生まれるものなのだろう。それが作家としていいことなのか悪いことなのかはわからないが、とにかく今はその先に何かがあると信じて文章を書いていきたいと思っている。

14

書くこと書かないこと　山崎ナオコーラ

家族について書くときに「本人が読んで嫌がりそうなことは書かない」という白岩さんの決めごと、本当にそうだな、と思う。私もそうしたい。「嫌がりそうなこと」とは何か、ちゃんと自分の頭でじっくり考えて定め、それは書かないようにする。とはいえ、「一般的な『家族のこういうことは言うな、書くな』といったイメージ」はスルーしようかな。

世間には、「そういうことは家族の恥。家庭内に納めておけ」というステレオタイプのイメージがある気がする。「それを世間にわざわざ言う必要はない」というようなことだ。たとえば、「給料が低い」「美人ではない」「勉強ができない」「学歴がない」「複雑な家庭環境」「病気を患《わずら》っている」といったようなことだ。周囲に気を遣わせないために、あるいは家族を傷つけないために、貧乏なのに金があるふうを装ったり、配偶者について他人に話す際に必要以上

に「美人だ」と伝えたりする。でも、本人がそれを「欠点ではない」と捉えている場合はどうだろう？　正直に言っていいのではないか。「金で勝負していない人」「顔で勝負していない人」「複雑な家庭環境で幸せな人」は、世にたくさんいる。私もそうだ。金がすべてだ、容姿がすべてだ、と思っている人たちに抗《あらが》いたい。他に長所がある、幸せだ、ときちんと伝えたい。そして、経済格差、ルッキズム、差別、いじめは、決して個人の問題ではなく、社会の問題であり、個人は変わる必要がなく、社会が変わるべきなのだ、と考えていきたい。

数年前に育児エッセイを書いたとき、子どもを不妊治療で授かったことを書くかどうかで悩んだ。これは子ども側のプライバシーだし、大きくなった子どもがどう捉えるかわからなかったからだ。ただ、悩むうちに、このことについて、「どちらかというと隠すべきこと」「個人の欠点」のように捉えてしまう自分の心に気がついた。いや、これは、欠点ではないはずだ。そうだ、これも社会の話だ、と考え、社会を信用して書くことにした。ただ、こういった問題の答えは親の感覚によって様々だろう。私の場合は、「不妊治療は社会問題としてあえて堂々と書く。性別はプライバシーだから書かない」というのがそのときの答えだった。

「障害」も、個人ではなく、社会の側に変化が求められる。段差がなくなれば、偏見がなくなれば、多くの人が知識を共有すれば、多様な人がいることに見慣れれば、経済格差がなくなれば、テクノロジーが進化すれば、教育制度が整えば、医療が発達すれば、消えていく「障害」がたくさんあるだろう。「個人の問題だから」と当事者だけが抱えてはいけないように思う。

もちろん、みんながオープンにする必要なんてなく、当事者の精神衛生を保つのが一番大事なのだから、言いたくないことと、書きたくないことは、外に出さない方が絶対にいい。ただ、「本当はみんなと共有したいし、書きたい気持ちがあるんだけど、マナーとして書かない方がいいのかな」という感じのことだったら、書いてもいいんじゃないだろうか。

ただ、私がこんなふうに考えていても、子どももこんなふうに考えるのかどうかはわからない。子どもは私とはまったく違う雰囲気に成長していっている。あとあと、「あれは書かないで欲しかった」と意外な視点から言われるかもしれない。

子どもは、予想外のことを言うものだ。

コロナ禍で家で過ごすことが増えたので、「鬱憤《うっぷん》が溜《た》まっているだろう」と私は勝手に子どもの心を予想していた。だが、子どもは家で遊ぶのが心底好きで、むしろ普段よりもストレスが減って生き生きしていた。数日閉じこもったあと、「たまには散歩に行こうよ」と私が誘ったところ、「家にいる」と子どもは首を振った。工作をしたり、絵を描いたり、ぬいぐるみ遊びをしたりで、ちっとも飽《あ》きないみたいだ。

せめて庭で日光に当たらせようと、庭仕事に勤《いそ》しんだ。種を撒《ま》いたり、花壇を作ったりして、子どもは楽しんでいた。ついでに、小さな砂場を作った。少し地面を掘って、防草シートを敷き、木の枠を置き、砂を入れた。これは好評だった。

子どもは部屋と庭で遊び続けた。

何かしらの確定診断が出てから書こうと思っていたのだが、五歳の子どもはＡＳＤの傾向があるようだ。それで、この四月から療育に通うことにした。療育とは、児童発達支援センターや児童発達支援事業所などの公的機関、または民間の教室で受けられる支援のことだ。毎日通う人もいるが、うちにいる五歳の子どもは、外来訓練という、週に一回、一時間弱、児童指導員とコミュニケーションの練習（？）をする。ASDというのは、「自閉スペクトラム症」のことだ。「知的障害」がない場合に、ネットや書籍では「アスペルガー症候群」と呼ぶこともあるようだ。発達障害のひとつの傾向のようなものらしい。

「傾向」と書いたが、これがよくわからない。私は現在、暗中模索をしており、且つ、地域によって行政の対応は違うはずなので、書いておいてなんだが、同じ境遇の方には私の話を参考にしないでいただきたい。参考にはならない文章だが、自分の思うところを真摯《しんし》に書く。

当初の私は、児童発達支援センターに行ったら検査をしてもらえるんだろうと想像していたのだが、そこで尋ねたところ、「検査は病院でしかできません」とのことだった。療育の申し込みには診断名や診断結果は必要ないとのことなので、まずは療育の申し込みをした。

そのあと、二つの病院に行ってみた（ひとつ目の病院に行ったあと、病院側の事情で診断が延期になったため、別の病院も受診したところ、その後、ひとつ目の病院でも診断することになったため、二つの病院で聞くことになってしまった）。すると、どちらでも「そういう傾向があると思います」という話で、私が期待していたような「確定診断」は出なかった。いや、「傾向がある」というのが確定診断、ということなのかもしれないが、それは、私が、「アスペルガー症候群ではないかと思い、受診しました。言葉の発達はしっかりしていて、一対一の会話では気にならないのですが、集団行動で気になるところがあります。まず、挨拶がなかなかできません。支度にとても時間がかかります。体操やダンスなどは、ほぼ参加しません。マイルールが強いです。スケジュールの変更が苦手です。ただ、話の理解や状況の把握はかなりできていると感じられます。物語の認識、表情の読み取りも年相応にできていると思います。能力がなくてできないというより、やりたくないからやらない、というふうに私からは見えます。本人は芸術家になると言っていて、私たちもそれを応援しており、現時点で困っていることはありません。ただ、家や幼稚園では困らなくても、おそらく小学校に行ったら困ることがあるのではないでしょうか？　いわゆる『授業』はちゃんと聞いたり理解したり、むしろ得意な気がします。でも、友人関係や音楽や体育や給食等でハードルの高さを感じるかもしれません。対策を練るため、診断を得たいと思いました」と言ったら、私の意見がそのまま通って、「じゃあ、傾向がありますね」となっただけの感じがしてしまう（ネットや書籍に「アスペルガー症候群」という言葉がたくさんあったので、最初は「これだ」と思ったのだが、今の医療現場や児童発達支援センターなどの専門機関、公的機関ではこの言葉はまったく使われなくなり、ASDとのみ言われる）。検査としては、私が聞いた限りでは、知能検査しかないみたいで、「できるところとできないところの凹凸《おうとつ》が出ますから、発達障害の有無がわかりますよ」と最初に聞いたのだが、検査結果を見ても、凹凸というのはないように見えた。また、知能指数はわりと高く、実年齢よりも上に出た。じゃあ、やっぱり、親が言ったことがそのまま通るというだけのことなんじゃないのか、と私の責任が重く感じられ、ちゃんと子どもの特徴を見極められているかどうか自信がなくなってきて、本当にこの診断名で行動を進めていいのか、と不安になる。親が関与しない、絶対的な評価を他人から与えられたら楽なのに……。

「最近では、線引きができるものという考え方ではなく、性格の延長と捉え、『傾向がある』という言い方をします。小学校高学年になって、また受診をしたら、ASDとは言われない可能性もあります。年齢が上がるにしたがって変わっていき、診断が変わることもあります」

というようなことを医師は言った。

児童発達支援センターや病院は「困っていそうな人に手助けをする」という目的で動いており、診断名が不必要なのだろうが、私たちの場合は困ってはいない。たとえ困っていなくても、子どもに合った教育を受けられるように願っている。個性を知りたいのだ。困っているから助けて欲しいのではなく、その人らしさを尊重したより良い教育を求めたい。

息子の発育　白岩玄

これまではっきりとは書いてこなかったが、実はうちの三歳の息子は、言葉の発達が遅れ気味だ。もともと発語も遅く、二歳になってもごくわずかな言葉しか喋《しゃべ》らなかった。うまく言えないことはすべて「あ、あ」で訴えて大人が察してくれるのを待つだけなので、ぼくと妻も息子が何を望んでいるのかがわからなくて困ることが多かったし、自分のしたいことがほとんど言えない中で迎えた二歳のイヤイヤ期は、ひどいときだと暴れ回って叫び倒して訴えるので、なかなかに大変だった。

　最近は以前に比べるとずいぶん喋れるようになったが、それでも二歳のよく喋る子と同じくらいの語彙力《ごいりょく》に思える。記憶は年相応にしっかりしているので、過去のことを質問しても、こちらが「ちゃんと覚えてるな」と思えるような答えが返ってくるのだが、使える言葉のバリエーションが限られているし、話し方もたどたどしい。一生懸命何かを伝えようとはしてくれるのだが、内容が支離滅裂で理解できないことも少なくない。あとは、微妙な音の判別と、それを口で再現することが苦手なのか、新しい言葉を教えたときや、間違って覚えている言葉を訂正する際に、ぼくや妻が何度か復唱しても、うまく言えなくて「むずかしい」とあきらめてしまうことがけっこうある。

　一方で、息子は今、恐竜に夢中で、ぼくらが驚くく

らいに詳しい。文字はまだ読めないはずなのに、絵を見ただけで何の恐竜かを的確に答えるし、毎日のように分厚い恐竜図鑑を眺《なが》めては、新しい恐竜の名前を覚えている。人間には情報をインプットする際に、目で見たものを処理するのが上手いタイプ（視覚優位）と耳で聞いたことを処理するのが上手いタイプ（聴覚優位）がいるそうだが、息子は圧倒的に前者なのだろう。恐竜というのは化石に色がわかるような証拠が残っていないため、同じ恐竜でも本や図鑑によって違う色になっていたりするのだが、そういった場合でも微妙な形の違いを見分けているのか「これは〇〇サウルス」と言い当てたりする。難しい事柄に対する理解も、恐竜がらみなら熱心に覚えようとするようで、恐竜が絶滅した経緯や、化石が発掘されるまでの流れを、自分なりの言葉で説明しようとしてくれたりもする。

息子は三歳だが、もうまもなく四歳になるので、この状況をどう考えるかは人によるだろう。同じ歳の子はもっと普通に喋っている子もいて、周りは「全然大丈夫だよ」と言ってくれるが、ぼくも妻も、まったく心配していないと言うと嘘になる。ついついよその子と比べて、もう少し喋れるようにならないかなと思ってしまうこともあるし、この四月からは年少組になるので、活動の内容によってはついていけないこともあるかもしれないなと不安に思うこともある。

ただ、とりあえず現時点では、今のまま様子を見るつもりでいる。そう思えたのには理由があって、ひとつは、妻もそれでいいんじゃないかと同意してくれたからだ。同じ子どもを育てる上で、もう一人の保護者である妻と意見が一致すると、不安はかなり軽減される。ときに意思疎通がうまくいかないこともある息子との接し方も、そのつど話し合って足並みを揃《そろ》えることで、息子も「お父さんもお母さんも同じことを言っているな」と思うことができるだろうし、何より言葉の発達の遅れという問題から生じる、あらゆる心配事を一人で抱えなくて済むようになる。人によってはそんなの当たり前のことだろうと思うかもしれないが、夫婦というのは考えが一致しないことも多いので、これは地味に大きいことだと思っている。

もうひとつは、息子を見ていると、言葉自体はおぼつかないが、それは技術の問題であって、伝えたいことはしっかりとあるんだなと感じるからだ。ぼくは仕事柄（なのかどうかはわからないが）、うまく言えないことに対してかなり寛容というか、実際に言葉にできるかどうかよりも、自分の中に伝えたい思いや気持ちがちゃんとあるかどうかを重要視するところがある。それは結局、その思いや気持ちが文章の根幹になるからなのだが、子どもの言葉も、ある部分では同じように考えていいんじゃないかと思っているのだ。特に複雑な感情を他人に伝える際は、的確に言葉を使いこなすのももちろん大事ではあるけれど、そこに思いや気持ちが詰まっていないのなら、それは形だけの言葉になってしまう。大人になればわかることだが、形だけの言葉というのは、使い続けていると心がカラカラに乾いていってしまう。ぼくらの心が潤って、嬉しくなったり、幸せを感じたりするのは、やはり溢《あふ》れてくる気持ちをなんとか言葉にしようとするときだし、そういう瞬間こそ、人の言葉には力が宿って、聞く側も言葉以上の何かを受け取ることができるような気がする。

だからぼくは、息子が一生懸命自分の知っている言葉を使って何かを伝えようとしているのを見ると、意味がよくわからなくても「いいぞ」と思う。息子の目を見れば、彼の内側に何らかの思いがあるのは明らかだから、今はうまく伝えられなくても、その思いの方をなくさないようにしてほしいのだ。それに、ぼくも親として、いい加減に話を聞いたり、「何を言っているかわからない」とあしらったりせずに、相手が聞いてくれると信じて懸命に話そうとする息子のこの純真さを守ってやらないといけないだろう。親の邪険な態度は、子どもの他人を信じる心を簡単に奪ってしまいそうな気がするから、特に気をつけたい。

息子の恐竜好きを見ていると、手持ちの言葉では表しきれないほどの大きな気持ちを持ってくれているのがわかってぼくは嬉しくなる。それはたとえ言葉として外に出て行かなくても、図鑑を毎日眺めたり、大好きな恐竜のフィギュアで楽しそうに遊んだりすることにつながっているのだろうし、博物館で恐竜の化石を見たときに「すごい！」と指を差して興奮するのも、息子の中に蓄積された思いがあるからだろう。いつか今よりもずっと流暢《りゅうちょう》に話せる日が来るのかもしれないが、たとえそのときが来たとしても、言葉以上の思いや気持ちを持ち続けられる子でいてほしい。

長くなってしまうが、息子の発育のことで、もうひとつだけ書いておきたい。

言葉の遅れ以外で言うと、集団行動についても息子は苦手な方だと思われる。以前通っていた保育園で、園からそのことで面談を申し込まれたことがあって、それはけっこうぼくと妻にとって大きかったというか、ちょっとショックだったのだ。園からは、他の子に比べて集団行動ができていない、直接声をかければ聞くものの、子どもたち全体に声をかけると息子だけ指示を聞いていなかったり、他の友達に釣られてなんとなくついていったりしているようだと言われた。おまけに切り替えが上手にできなくて、今やっている遊びをすぐにやめられなかったり、やめさせようとすると泣いて怒ったりもするようだった。

親としては、多少のマイペースさは個性だとみなして、目をつぶってやりたい気持ちはある。ただ、集団行動にかんしては、言葉の遅れの問題と違って、ぼくらの考えだけを主張するわけにもいかない。保育園に預けている以上、子どもの安全を守るためにどうしても集団行動は必要になってくるからだ。たとえば散歩のときは、みんなで取っ手のついたひもを握って、列から離れないように歩かなければならないのだが、そういったときに個人のマイペースさを許してしまうと、取り返しのつかない事故につながる恐れがある。

だからどうしたものかと夫婦で悩んでいたのだが、これについては、引っ越しに際して転園をしたことで多少改善された感があるので、同じような境遇にいる人の参考になるかどうかはわからないが書いてみたい。

そもそも引っ越し自体は、コロナによって何かとリスクが高くなった都会での暮らしから距離を置くためのものだった。もともとは名古屋に住んでいたのだが、ぼくと妻はどちらもリモートワークをすることができたので、何もわざわざ人の多いところにいなくてもいいなと思い、妻の実家がある同じ愛知県の田舎の方に引っ越したのだ。

ただ、前述した通り、前の保育園で面談を申し込まれたくらいだったから、新しい保育園でうまくやっていけるかどうか心配はしていた。でも、転園したのが息子の語彙力や他人への興味がぐっと伸びたタイミングと重なったからなのか、あるいは今の園がたまたま本人に合っていたからなのか、担任の先生から、特に気になるところはないし、前からこの園にいたんじゃないかと思うくらいなじめていますと言われた。ぼくらも驚いて最初は半信半疑だったのだが、実際息子は慣れていない場所に突然連れてこられたにもかかわらず、泣いてぐずるようなことはなかったし、保育園が楽しいと言っていた。いったい何が違ったのかはいまだにわからないのだが、たぶん今の園の方が規律がゆるいというか、普段の活動の中で集団行動を求められる割合が低いのだろう。あと前の園では、比較的喋れる子たちのあいだで、すでにコミュニティーができてしまっていて、そのときはまだあまり喋れない上に他の子にも興味がなかった息子は、うまくその輪に入れずに一人でいることが多かったのだが、今の園では語彙力が増えたことで、自分から他の子を誘ったり、遊びに混ぜてもらったりできるようになって、友達意識が芽生えたため、一人でいるよりもみんなといる方が楽しくなり、集団で動きやすくなったのかもしれない。

どちらもぼくの勝手な予想に過ぎないが、子どもの発育に合った環境というのは、やっぱり大事なのかもなと思った。仕事や家の事情など、家庭によって限度はあるだろうが、うちの場合は引っ越して良かったたし、今後も合わなくなったら息子が過ごす場所を変えることを検討してもいいのかもなと考えてはいる。

とはいえ、これは偶然うまくいった保育園での小さな変化で、危なっかしい面はまだまだある。息子はここのところ、朝、車に乗る際に、自宅から駐車場までの20メートルほどの道を「よーいどん」することにハマっている。駐車場は車が出入りする場所なので走らないでほしいと何度も言っているし、ときには強く叱《しか》ったりもするのだが、どうしても走りたい気持ちが勝つようで、息子が一人で走っていってしまったところに、ちょうど車が入ってきて、ひやっとしたこともある。

ただ、一方で、息子が以前よりもずっと社交的になったのは事実だ。保育園でもよく友達と遊んでいるみたいだし、少し前に受けた三歳半健診でも、特に何も指摘されなかった。キリンを含んだ絵を見せられ、この中で首が長い動物はどれかと訊かれて「ブラキオサウルス（首の長い恐竜）」と答えてしまう一幕もあったが、療育が必要かどうかを臨床心理士に相談しても、今見る限りは大丈夫そうだから、とりあえずこのまま様子を見ればいいのではないかということだった。

悩んだり、安堵《あんど》したり、簡単ではない子育てだけど、息子が毎日楽しく過ごせるのが一番だということに違いはない。大きくなるにつれ、またいろいろと状況が変化することもあるだろうが、そこだけは変わらずにいたいものだ。

15

家での遊び　山崎ナオコーラ

人間の悩みはほとんどが人間関係についてで、育児でもやっぱりそれがメインになる。病気や発達の悩みでも、人間関係がかなり絡んでくる。だから、本当に環境というのはとても大事で、違う環境に移ることで解消されることはきっと多いのだろう。

　子どもの成長について悩んでいるつもりなのに、いつの間にか「周囲とどう付き合うか」ばかりを考えてしまっていることが私はよくある。前回、発達障害について書いたが、「もしもここが集団生活をしない世界だったら、なんの問題もないのになあ」なんてことも思ってしまう。

　また、私自身、子ども時代は周囲と馴染《なじ》めなかった。小学校では一日中喋らずに過ごした。大人になってから「場面緘黙症《ばめんかんもくしょう》」という言葉を知った。私はおそらく場面緘黙症だったと思う。それなりに会話ができるようになったのは大学に入ってからで、高校までは限

られた友人としか喋れず、授業などでは黙っていた。「二人一組になってくださーい」「好きな人同士でグループになってくださーい」と言われたとき、余って先生と組んだり、「山崎さんも入れてあげてね」と気を遣わせたりするのが私だった。運動会や音楽会などのイベントはすべて大嫌いだった。私は長《ちょう》のつくものをひとつも経験していない。班長さえない。とにかく、集団の中では息を殺していた。そうして、少数の親しい友人の前や家族の前で、いや、何よりもひとりの時間に生き生きとした。

五歳児は、私とはまったく違う性質みたいなのだが、ひとり遊びが好きなところだけは共通している。黙々と絵を描いたり、工作をしたりということで、何時間でも過ごせる。幼稚園は大好きとのことで喜んで通っており、友人たちとの遊びも楽しんでいるが、どうも空気を読んで動くようなことが難しいみたいで、「長時間の集団遊びは緊張するのかもなあ」と私からは見える。集団欲もあるのだとしても、息抜きも必要で、ずっとみんなといるのではなく、ひとりの時間も大事なのではないか？　マイルールを考えるのが好きみたいだし、部屋で考えごとを進めるのにも楽しさを覚えるのだろう。

一歳児は、かなり活発で、難しそうなことにも挑戦する性格が垣間見えるようになった。高いところによじ登ったり、飛び降りたりするチャレンジャーだ。また、散歩中に知らない人から声をかけられるとにっこりしたり、犬やオートバイを見かけると「ワンワン、バイバーイ」「かっこいい、バイバーイ」などと言って手を振ったりするので、もしかしたら人付き合いが苦ではない感じで成長していくのかもしれない。とはいえ、まだ乳児なので、友だちと呼べるほどの関係や本格的な社会活動はないし、手遊びのようないわゆる「ふれあい遊び」だとか絵本を読むだとかをするばかりなので、遠くに行く必要はないように見える。

こういうメンバーなので、外出自粛をするようになったとき、生き生きとした。

「今は、我慢のときです。家にいましょう」といったフレーズをよく耳にしたが、何を我慢するんだろう？　と思った。私たちは、むしろ、ストレスから解き放たれた。

そんな折、五年の定期借家として借りて住んでいたマンションの一階の部屋を「買いませんか？」と大家さんから提案され、購入した。

それで、部屋の壁に絵を描くことにした。ちょうど、近所で閉店セールをやっていたので、アクリル絵の具や太い筆をたくさん買ってきて、五歳児に与えると、嬉々《きき》として画業に勤しんだ。深海にはまっている五歳児は、船や波、それからメンダコやリュウグウノツカイ、ダイオウイカなどを描いていく。

ついでに、庭のベンチや、植木鉢にも色を塗った。

次は、襖絵《ふすまえ》を企《たく》んでいる。子どもたちが襖をビリビリに破いてしまったので、現在、かなり荒《すさ》んだ状況で暮らしている。張り替えるため、白い襖紙を買った。これにいい景色でも描いてもらおうと思う。

庭にも、もっと手を入れたい。砂場を作ったのだが、作る作業も子どもは楽しんでいた。木の枠に、防腐塗料をハケで塗っていくのも五歳児は喜んでやっていた。抗菌砂を通販で購入し、その砂をザザーッと入れるのも子どもに主にやってもらった。

また、雑草を抜き、土を肥やして、芝生の種を蒔《ま》くのも面白がった。

庭の整備は手伝いでもあるが、遊びといえば遊びだ。


家での遊びは、インターネットに助けられることもよくあった。

オンラインでのイベントや、ホームページの充実を考えてくれる企業や公的機関が増えた。

Zoomでの絵本作家のトークイベントで、大好きな田《た》島《しま》征《せい》三《ぞう》先生のお話を拝聴して、子どもも私も感動した。

アニメ番組のホームページには「プリントアウトして塗り絵に使ってください」という絵があったので、印刷して使った。

ある美術館のホームページでは、軍手でぬいぐるみを作る、という動画が公開されていた。

百円ショップで大量に軍手やフェルトやわたを買ってきて、見よう見まねでやってみた。指の形状を活かそうと考えると、「これだったら、あの動物っぽいかも」「ここを耳にして、あのキャラクターもできるかも」とどんどん発想が湧き、いろいろアレンジした。

また、裁縫の本を見ながら、パンダのぬいぐるみを作る、恐竜のあみぐるみを作る、といったこともやった。

ぬいぐるみを作るのは、子どもたちには難しく、作業はおおむね私が行ったが、五歳児はこだわりが強く、「口はこんな形じゃない」「目はこの色じゃない」「ズボンをはかせないとダメだ」などといろいろ厳しく指示を出してきたため、私には到底かわいく思えない姿に仕上がったのだが、それもまた一興だ。

ぬいぐるみでかくれんぼをする、ということもよくやった。狭い部屋でも、ぬいぐるみを使えば、結構かくれんぼができる。完全に隠すとなかなか見つからないので、「ちょっとは見えるようにして隠す」というルールでやった。本棚にちょんと座らせておいたり、洗濯カゴに紛れ込ませたりすると、ぬいぐるみの顔が見えている状態でも、意外と探し回る。順番に鬼になり、探すゲームだ。かくれんぼは庭でも行い、百円ショップで購入したウサギのガーデンピックを、庭のどこかに挿して「まあだだよ」「もういいよ」などと言いながら遊んだ。

絵本作りもよくやった。無印良品に「画用紙絵本ノート」という、真っ白な本の商品があって、これがかなり便利だ。五歳児は、自分で考えた物語をどんどん絵にしていく。文字はまだすらすらとは書けないので、後で口述筆記することもある。まあ、荒唐無稽《こうとうむけい》な設定で、シュールな展開で、反復が多くて、文法なんて無視されているのだが、それがむしろ面白い。子どもが言うことを聞き書きするときは、言葉が滅茶苦茶でも、言っている通りに文字起こしすることを心がける。余計なアドヴァイスをしないようにすると、傑作が生まれる。五歳児によって『つばめ』『ふじさん』『ペンギンのたび』『ラスコーどうくつ』といった作品が生まれ、私はときどき読み返して笑っている。

あとは、やっぱり、読書だろう。特に、地図や図鑑はいくら見ても飽きない。一歳児も結構食いつく。「タコだね」「リンゴだね」と知っていそうなものを指差すと、にこにこする。五歳児はやはり外国に興味があるらしく、国旗を覚えたり、特産品を食べる真似をしたり、架空の旅行を楽しむ。図鑑は、細かい文字を読むのは面倒なので、適当にパラパラめくっているだけなのだが、それでも楽しい。いつの間にか、カンブリア紀の生き物、恐竜、宇宙、深海など、私もかなり詳しくなった。布団敷きっぱなしで横着して暮らしている私なので、本をどんどん布団の上に広げていくスタイルで読んでいる。すると、リンクしているものも見つかって、わくわくする。「あ、恐竜図鑑にある化石が発掘されたゴビ砂漠、こっちの世界地図の本に載ってるね」「宇宙図鑑のマーズ・ローバー、こっちのロボット図鑑に詳しく書いてある」などと言っていろいろな文献を重ねて読んでいると、なんだかいっぱしの研究者になったような気分もしてきて、楽しい。本は広げたまま部屋中に放置している。私は片付けが苦手なので散らかり放題だ。子どものもうひとりの親は書店員で棚に並べるのが得意なので、本をしまうのは書店員の方の親がメインでやっている。ただ、修理は私がやる。特に一歳児はページをかなり破いてしまう。図書館で使っているような補修テープを購入したので、それで直す。

それから、料理も盛り上がる。粉物は粘土《ねんど》と似た作業になり、大変喜ばれる。クッキー、たこ焼き、お好み焼き、クレープ、ホットケーキ。ギョウザ作りも自由にさせたら、恐竜の形だの、深海魚の形だのを作っていて面白かった。青梅を購入して、梅干しや梅ジュース作りもやった。梅のヘタ取りを楽しそうにしていた。梅干しは子どもの舌には合わず、梅ジュースは失敗してカビが生えた。ただ、梅干しと一緒に入れた紫蘇《しそ》の葉をミキサーで細かくしたふりかけは好まれた。塩分が強いので体には悪いのだろうが、五歳児も一歳児も盛んにごはんにかけた。

オーブンで焼けるのは食べ物ばかりではない。オーブンで焼ける粘土という商品があったので、それで「土器」を作った。

最初に緊急事態宣言が出された当初は、みんながそういうものを購入したらしく、通販サイトでも、粘土や折り紙や小麦粉などが軒並み品薄になっていた。でも、この頃は在庫が十分にあるようになり、需要を鑑《かんが》みて新たな商品も続々と開発されているみたいだ。


子どもがいると仕事ができないのでそれが大きな悩みではあるのだが、「家に閉じこもる」ということ自体は性に合っていた。ただ、自分たちだけ良ければ、となってはいけないだろう。外向型の人が苦しんでいることを慮《おもんぱか》らなくては。

それにしても、私は子どもの頃、「みんなのように喋れないので、配慮が必要」「駄目な子」「明るい子にサポートしてもらおう」「外に出られるように、喋れるように、性格が変化するように、努力しようね」といった扱いを受けていて、屈辱だった。

そして今、発達障害の本や記事を読んだり、関係者と話したりしていると、世間では「困っている子をサポートする」という言葉を使うようになってきているようなのだが、やっぱり、「みんなのようにはできなくて困っている子」「みんなのレベルで付き合えるように教育する」というニュアンスが見え隠れする。

今回のように、家で過ごすのが得意なことが誉められる時代が来る場合もあるのだから、世界において、何がいい性格なのかはわからない。「いい性格」に、絶対的な基準はないだろう。

そして、「できない」ということに、減点するような視線を向けてはいけない。できないからこそ別の感覚や能力が研《と》ぎ澄《す》まされることもあるのだから、相手を下に見る形でサポートしてはいけないのだと思う。

ブロックと田舎での暮らし　白岩玄

山崎さんのお子さんとの家での過ごし方が本当に充実していて、こんなにも家の中で豊かに遊べるものなのかと驚いた。

うちは賃貸のアパートなので、家の壁に絵を描いたりすることはできないし、砂場を作れるような庭もない。まぁ住んでいるのが田舎だから、東京に比べるとかなり安い家賃でそこそこの広さの部屋を借りられるのだが、逆に田舎は周りがみんな持ち家で、庭付きの広い家に住んでいたりするので、感覚として自由のきく家に住んでいると感じることはあまりない。

おまけにうちは二階で、下に人がいるので、騒音を気にして遊び

方を限定してしまうことも少なくない。走り回るのを放置することはできないし（といっても走ってしまうのだが）、休日の朝早くや夜遅くなど、時間帯によっては大きな音を立てないように、遊びそのものをうるさくないものに変えたり、下に響かないように分厚いラグの上で遊んでねと息子にお願いしたりすることもある。ちょっと気にし過ぎなのかもしれないが、以前住んでいたところで苦情を言われたことがあるので、自分たちが窮屈《きゅうくつ》にならない程度には気をつけるようにしている。

そんな中で、ぼくが家遊びとして息子とよくやっているのがブロック遊びだ。もともとぼく自身も、子どもの頃からレゴブロックが大好きで、大人になってからも大人用のちょっと高いレゴを買って組み立てたりしていたので、息子も好きになってくれたらいいなと思い、最初は二歳の誕生日に幼児用のレゴデュプロをプレゼントした。デュプロは普通のレゴよりもひとつひとつのパーツが大きいから小さい子でも扱いやすい。

息子は初めこそそんなに興味を示さなかったが、基礎板という土台になる正方形の大きな板を買ってやると、そこにブロックを自由に積み上げていくのが面白かったらしく、自分から進んでやるようになった。作ったものをぼくや妻に褒《ほ》められたり、自分なりに試行錯誤しているうちに、毎日必ずブロックをするようになり、保育園でも上手に作って先生たちから驚かれたことで、ますますハマっていったみたいだ。ぼくも自分が好きなせいで、財布のひもがついゆるくなってしまって、新しいセットを次々と買い与えた。今では大きなボックス二つと引き出しひとつを占領しているのでかなりの量だ。

最近は、組み立て説明書を見ながら作ることもできるようになったので、新しく買ったセットは、ぼくが横について一緒に組み立てるのだが、やっぱりブロックは自由に作るのが一番だ。最初に作るものを決めて、たくさんあるパーツの中から良さそうなものを選びながら組み立てていると、そこには自然と自分なりの設定ができてくる（ここはキッチンで、ここは駐車場というふうに）。

ぼくが一緒にやるときは、たいてい「パパは○○を作って」とお題を出されて別々に作り始めるのだが、自分のを作ればそれで終わりというわけではない。息子の作るものを横目で見ていて、ブロックを高く積み上げる際に、不安定で崩れそうだなと思ったときは、そっと支えになるようなブロックをあてがって補強してやる。崩れるのも勉強ではあるのだが、いい感じに作れているときは、崩れてしまうと落ち込んだり、やる気を失ってしまうことがあるので、状況を見て手助けをしている。

それから息子が一人で遊んでいて、何かのパーツが見つからないと言われたときは、仕事や家事をしていても、中断して一緒に探すようにしている。たとえ片づけるのが面倒でも、すべての箱をひっくり返して、そのパーツを見つけ出す。なぜなら探しているパーツがあるときは、息子の中に作りたいもののイメージがあるときだからだ。イメージを実現させてやると、そこが作品の肝《きも》になったり、息子のお気に入りの部分になったりする。だから見つかるまで探すし、もし見つからなかった場合は、どういうふうにしたいのかを息子に聞いた上で、代用できそうなパーツを探して提案する。ブロック遊び（というかモノづくり）は、自分がイメージしたものを作れたという成功体験を重ねることが大事だと思うので、時間を取られることもあるが、そこには労を惜しまないようにしている。

遊び終わったブロックを片づけるときも、一応組み方をチェックする（忙しくて、とにかく片づけるだけになることも多いのだけど）。ときどきこれまでになかった新しい組み方をしていて、こういうことができるようになったんだと成長を感じることがあるし、ときには、ぼくが以前作ったものを参考にして、まったく同じ組み方をしていたりするので、よく見ているなと感心する一方で、こんなふうにまねされるのなら、手を抜いたものは作れないなとも思う。

でも面白いのが、こういったブロック遊びの付き合い方が、ぼくの場合、すべて父の受け売りであることだ。六歳のときに亡くなった父は、喫茶店をやっていたのだが、ぼくが店の一角で段ボールやボール紙で工作するのを仕事の合間によくみてくれた。小さい子どもには難しいところを手伝ってくれたり、できあがったものを褒めた上で、ここはこうした方がいいと具体的なアドバイスをしてくれた。父はものを作ることに対してはいつも真剣で、子どものやっていることだからと妥協したりはしなかった。

別にそれを模倣《もほう》しているつもりはないのだが、父がしてくれたのと同じことを無意識に息子にやっている。でもそういう親は案外多いのではないだろうか。いずれにしても、ぼくが父の遊び方をなぞっているということは、息子も同じことを自分の子どもにしてあげるかもしれないわけで、そう思ったら、今自分がしっかりと遊んでやるのは、まだ見ぬ未来の子どものためにも大事なのかもなと夢想することもある。

家遊びについては、他に特筆するようなことがない。もちろんブロック以外にも、お絵描きや人形遊び、ままごと、ねんど、絵本の読み聞かせなんかもするのだが、どれもごく普通のやり方で、他の家と違いがあるようには思えないのだ。

ただ、田舎に移り住んでからは、外遊びが充実していて、特に自然と触れ合う機会がぐっと増えた。川には大きな鯉や亀が泳いでいるし、公園で椎《しい》の実《み》を拾ったり、散歩中につくしを摘んだりすることもある。冬から春にかけては、いたるところに菜の花が咲く。一度車で、見渡す限りの菜の花畑を見に行ったのだが、息子はどこまでも続く黄色い花畑を目を細めながら歩き、てんとう虫を見つけて手の平の上を歩かせていた。

あとは海が近いので、つい先日も保育園の帰りに家族みんなで遊びに行った。一応、海水浴場ではあるのだが、夏以外はたいていい人がいないので、砂浜一帯が貸し切りになる。

息子はもう慣れたもので、すぐに砂遊びを始めていた。手や足を埋めたり、海の水を子ども用のバケツですくってきて、掘った穴に流し込んだりしている。もうすぐ一歳になる下の子も、初めて連れていったときは怖がって浜に降りようとしなかったのだが、今回はまったく大丈夫で、砂を握ってその初めての感触を楽しんだり、砂浜をずっとはいはいしていた。最近は手を引いてやると歩くので、波打ち際《ぎわ》を裸足で歩かせてみたのだが、わずかに沈み込む足の裏の感触が気持ちいいのか、すぐ近くで寄せては返す波が面白いのか、終始ご機嫌だった。

他にも、流れ着いた流木の細枝を使って、巨大な書き初めをするみたいに砂浜に絵を描いたり、大きな石やきれいな石をたくさん探し集めて石屋さんごっこをしたりした。恐竜が大好きな息子は、自分で見つけた二つの大きな石が、ティラノサウルスとスピノサウルスの化石に似ていると言って、ずっと大事に持っていた。
岩の隙間にはイソギンチャクもいた。今住んでいる田舎は妻の地元なのだが、子ども時代をずっとそこで過ごしただけあって、妻は自然と触れ合うのがぼくよりも上手だ。そのときも、イソギンチャクをつつくと海水を噴き出すんだよと教えて、実際にやってみた息子が驚いていた。

　子どもがいると、やっぱり外遊びができるのはすごく助かる。去年、名古屋に住んでいたときは、初めて緊急事態宣言が出されて保育園を自粛していた時期だったこともあって、毎日子どもたちと家の中にいるのがつらかった。当時は今よりも狭いアパートに住んでいて、ぼくも妻もその家があまり気に入っていなかったし、階下から物音がうるさいと苦情を言われたばかりの頃だったので、子どもがたてる音にもかなり敏感になっていた。家遊び以前に家の居心地が良くなくて、外遊びをしようにも、行けるのは近所の公園くらいだった。息子や生まれたばかりの娘は、そんなにストレスを溜め込んでいる様子はなかったが、ぼくと妻が精神的に疲弊《ひへい》して、心に余裕を持つことができなかった。

　ぼくら夫婦は、どれだけ家に引きこもっていてもあまり不自由を感じないタイプなのだが、子どもがいると話は別だ。気持ちにゆとりを持つためには、ある程度外に出ることが必要だし、子どもたちがめいっぱい外で遊んだあとは、そうすることでしか得られない充実した疲れを感じる。だからこれからも外遊びは欠かさないと思うのだが、ぼくらがもともと家が好きなのだとしたら、息子ももう少し大きくなったら家にいたいと言うようになるのだろうか？　まぁそのときはそのときで、息子の意思を尊重するしかないだろう。

家遊びが推奨される世の中ではあるけれど、外遊びが必要なすべての人が、早く外で気楽に遊べるようになればいいなと思う。苦手な遊びをしていても、リフレッシュになんかならないからだ。

16

お出かけ

山崎ナオコーラ

東京にも田舎っぽい場所がある。

私が住んでいるのは、東京の田舎っぽいところだ。こう言うと、

「東京に田舎なんてあるんですか？」

と聞かれることがある。私は埼玉育ちなのだが、子どもの頃に私が住んでいた辺《あた》りよりもここは自然がいっぱいで、断然田舎っぽいと思う。まあ、「本当の田舎」と言ったら語弊があるが、近くに川があって長閑《のどか》な風景が広がっているし、様々な種類の小鳥のさえずりが聞こえ、雨の日にはマンションの前に大きなカエルが座っていることもある。

こういう土地だと、「自然公園」と呼ばれる、森が入っているような広い公園が近くにいくつもある。公園内、あるいは隣りに、図書館あるいは美術館、博物館といった施設があることもある。

これまで、休みの日は大概、私たち親子は図書館へ出かけていた。本を読んで、館内のカフェかパン屋か売店でランチをとり、隣りか近くの公園で遊ぶ。候補の図書館は五つあり、特に気に入っているところは二つだ。徒歩、あるいはバスや電車で出かけ、絵本や自然に触れれば、乳幼児には十分に冒険と感じられ、完璧な休日になる。

　私自身、この人生でずっと図書館を愛してきた。物心がつく前から親に連れられて行き、小学校高学年からひとりで通い始めた。二週間ごとに訪れ、本を借りる。高校時代は対人恐怖症のような状態だったため、文芸部に入ろうとして何度か部室の前まで行ったもののドアを叩《たた》く勇気が出ずにあきらめて帰宅部になり、友人がまったくいなかったから放課後はいつもひとりで、毎日のように夕方は図書館で時間を潰《つぶ》した。大学時代から少しずつ友人ができるようになったが、本への逃避は続き、金がないのでやっぱり通った。大人になっても金がなかったから行き続けた。作家になって、一時期、「出版シーンや作家を応援するために、本は借りるよりも買った方がいいんじゃないか」と考え、収入が増えていたから実際に本を買えるということもあって足が遠のいたのだが、そんな時期でも、借りなくともふらりと一、二ヶ月に一度は訪れた。そのあと考えが変わり、「いや、図書館は書店の敵ではなくて友人だ」と、図書館通いを再び肯定するようになった。また、結婚後に再び貧しくなり、子どもが生まれるとやはり絵本を読みに行きたくもなり、ここ数年は毎週訪れていた。

　こんなことを言うと世間から怒られそうだが、私は児童館に子どもを連れていったことがない。また、いわゆる「児童公園」のような公園で他の親子と一緒に遊ぶこともしたことがない。行かないと決めていたわけではなく、「そのうちに、行かなきゃ」とずっと思いながら、結局、行けなかった。理由は、私が人見知りだからだと思う。

どうも、乳幼児のいる家の人の多くが児童館に通っているようだ。乳幼児の育児中の人と話すと、高確率で「児童館」というワードが出てくる。ひとり目の子どもが幼稚園に入ったとき、ほとんどの親子がすでに児童館で友だちになっていた。両親が働いていて保育園に通っている子でも、エッセイ漫画などに「児童館にて」といったシーンがよくあるので、たぶん、多くの子が行っている。児童館で他の親子との交流が頻繁に起こっているのではないかと推察される。

ただ、公園の方は、そんなにでもなくなってきているのかも、という気がする。三十年ほど前には「公園デビュー」という、子連れで公園に行って近所の親子グループの仲間に入れてもらう儀式に関する言葉が流行《はや》っていて、「私も親になったら、子どもを連れて『公園デビュー』をしなきゃいけないんだろうか……」と心配していたのだが、私が子を産んだ時期には死語になったのか、その言葉は聞かれなくなっていた。もちろん公園で遊ぶことは今でもするが、そこで固定のグループを作るという考え方は廃《すた》れたようだ。

とはいえ、たとえ人見知りの親でも、子を産んだことをきっかけに奮起して、何かしらの交流シーンを探し、「ママ友」をがんばって作る人が多数派だと思う。

私には、いわゆる「ママ友」という人がいない。子どもをきっかけに友人と呼んでいい程仲良くなった大人がいない。

幼稚園でお迎えのときなどに、

「こないだのお礼だよ」

と言いながら何か小さい袋を渡し合っている人を見かけることがよくあるのだが、あれには何が入っているのだろう？　気になる。もらう方もあげる方も負担に感じないようなクッキーとか入浴剤とかなのだろうか？　先日、

「これ、良かったら。バッグですー」

と言っているのが耳に入ったのだが、え？　バッグ？　と、びっくりした。あ、いや、高級バッグではなく、手作りのミニバッグかなんか？　垣間聞こえる会話から、そんな感じがした。それにしても、すごい。相手に重く感じさせないちょっとした贈り物を、絶妙なタイミングで取り出し、軽い雰囲気を醸《かも》し出《だ》す表情と声で渡す、というコミュニケーション……。難易度が高い。

名前に「ちゃん」づけで呼び合っていたり、タメ口で喋り合ったり、眩《まぶ》しい。インターネットでは、「ママ友」というと、カーストとか、マウンティングとか、ボスママとか、怖い記事ばかりが目に入るが、私の周囲にある関係にはそんなものが微塵《みじん》も感じられない。カーストというのがあるとしても、私には誰が上なのかわからない。みんな、ほんわかと楽しそうだ。

では、なぜ私は参加できないのだろう？　みんな優しいので、私が参加したそうにしたら、入れてくれそうな気もする。でも、どうしてもできない。

学校に通っていた頃にも、こういう感じがあったなあ、と思い出す。自分がカーストの中にさえ入れない最下層にいる感じ。あの頃、委員会とか部活とかでキラキラしていた子たちが親になって、今、幼稚園でもキラキラしているように感じる。みんな優しいのだろうけれども、私はどうしても埒外《らちがい》の一番下にいる。

高齢出産のために年齢差があるのでは？　と思う方もいらっしゃるかもしれないが、近頃は高齢出産が増えていて、そこまで目立つ感じはしない。それに、私と同い年という人が、幼稚園で一番というぐらいすごく馴染んでいて、みんなと仲良くしている。また、最近の若い人は、年齢差がある人に対しても、性別の違う人に対しても、フラットに接する能力に長《た》けているみたいで、「お父さん」「おばあちゃん」という関係と思われる保護者に対しても、差を付けずに声をかけているのをよく見かける。

だから、私に問題があるのだろう。

なかなか他の親と仲良くなれない私は、子どもに対し、「他の子どもと交流する機会をなかなか作れなくて申し訳ない」という気持ちがある。ただ、ひとり目の子は一歳から一時保育で週三回ほど保育園に行き、二人目の子は〇歳児保育から毎日保育園に通っており、親子ぐるみの交流はなくとも、子ども同士の交流は味わっているはずなので、すごく大きな問題という程ではないんじゃないか、とも思ってはいる。

まあ、とにかく、休日にはいつも、図書館に出かけていた。親ひとりで乳幼児二人を連れてのお出かけは結構大変なので、図書館に行って帰るだけでも、「休日をがんばったぞ」という気になった。

だが、コロナ禍で事情が変わった。

最初の緊急事態宣言が出たときは、閉めてしまう図書館もあったみたいだ。だが、「いや、図書館は不要不急ではなく、必要な施設だ」という意見がかなり出たので、以降は感染予防対策をしながら多くの図書館が門を開けるようになっている。

昔の私のように、図書館に居場所がある子が、今もいると思う。つらい現実から逃げて本に活路を見出す子もいるだろうし、あるいは学校や家にいられなくて必死に居場所を探して図書館に来る子もいる。本を読むわけではなく図書館でただ座る子もいる。とにかく、図書館が開いていたおかげで死なずにすんだ子がきっと何人もいる。

私の人生も図書館から切り離せない。ただ、小さい子の場合は結構大変だ。一歳児と五歳児が、密を避けて歩くように、余計なところを触らないように、と気をつけながら密室に入るのはなかなかの精神疲労を伴うもので、私はあまり図書館に行かなくなってしまった。

私の人生において、こんなに長く図書館に行かなかったのは初めてだ。

それで、「自然公園」にだけ行くようになった。「自然公園」への扉が開いた。

車のある人生だったら、違う扉も開けられたのだろうが、私は免許を持っておらず、今後も取得予定がない。

ただ、それまで自転車も持っていなかったのだが、とうとう電動自転車を購入した。それが扉だった。

「ママ友」がいない、と書いたが、もともと友人だった人に、同じ年くらいの子どもが生まれることはよくあって、そのままの付き合いが続いている。

私は就職氷河期世代のためか、経済力の確立に時間がかかった。友人たちもそうなのだろうか、育児を三十代中頃か後半から始めている人が多い。特に都心で暮らしている人たちの場合、そういうことがよくあるようだ。そんなわけで、大学時代からの友人や同世代作家の友人に、同じくらいの子どもがいることが結構ある。

学生時代からの友人夫婦が自転車屋さんをやっている。コロナ禍においては、公共交通機関を避ける人が増え、自転車屋さんは大いそがしらしい。

ちなみに、この夫婦のひとりの方は、自転車での南米大陸縦断を計画して、まずはアルゼンチンのウシュアイアへ飛行機で飛び、なぜか逆方向の南極へ船で渡り、それで金がなくなったために一メートルも北上せずに日本へ帰ってきたことがある。当時はまだ結婚していなかったが、もうひとりの方がそのあとに「お世話になったホテルの人へ挨拶へ行く」と言い出し、なぜか私と二人でウシュアイアまで旅行した。あれは楽しかった。

まあ、そんなことがあったあと、私たちはそれぞれ二人の子どもを出産した。ひとり目の子どもを一歳違いで、二人目の子どもを同い年の同じ月に出産して、そのあと、「またアルゼンチンに行こう」と友人が誘ってくれたので、「え？　二人目がまだ赤ちゃんだけど」と思いつつ、友人にも同い年の赤ちゃんがいるわけで「行こう」と言われると行けるような気がしてきた。子どもたちの証明写真を撮ってパスポートの申請をした矢先に、コロナ禍が始まり、その旅行は消えた。

その友人の自転車屋さんで電動自転車を買った。

すると、バスも電車も使わずに、あちらこちらの「自然公園」に行けるようになった。

風を切って街を抜けると、次第に木がたくさん見えてくる。自転車を降り、深呼吸する。人がいないところがたくさんある。

森の中で、目を瞑《つむ》ってくるくる回ったあと、子どもに手を引っ張ってもらい、木に触らせてもらい、また元の場所に戻ってきてくるくる回って、目を開ける。

「どの木に触ったでしょう？」

とクイズを出され、

「太かったし、凸凹《でこぼこ》していたから、あれかな？」

と指差す。これを、五歳児と交代でやっていくとかなり盛り上がる。木はよく見ると、一本ずつ表情が違う。

五歳児と一歳児が適当に遊んでいる間、森を見渡したり、空を見上げたりすると、「本じゃないものも読める」と気がつく。森だって、読める。空だって、読める。友だちがいなくてもひとりではない。

「自然公園」も本のように面白いのだった。

いとこと遊ぶ　白岩玄

親が人見知りだと、子どもの人間関係が狭《せば》まるというのは、たしかにその通りかもしれない。ぼくもけっこうな人見知りである上に、数少ない子どものいる友達はみんな遠方に住んでいるので、日常生活で交流のある人はごくわずかだ。

ただそれでも、現状ぼくがそこまで困っていないのは、妻の地元で暮らしているからというのが大きい。背の高い建物がひとつかふたつしかないような田舎だが、祖父母の家はすぐ近所だし、今は引っ越してしまったものの、この春までは妻の妹家族も車で五分のところに住んでいた。そこの家の二歳と○歳の姪《めい》っ子たちは、三歳と○歳のうちの息子と娘とも歳が近いから、できることが似通っていて一緒に遊ばせやすかった。

あとは、今息子が通っている保育園にも、妻の学生時代の友達の子どもが同じ組にいて、その子の家に遊びに行ったり、うちに遊び

に来てもらったりしたことがある。プライベートでも交流のある知り合いの子どもが同じ組にいるのは何かと助かるものだ。保育園のことでわからないことがあったときに気軽にメールできるし、三歳児だと、園でどんなふうに過ごしていたかを親が訊いても曖昧な返事しか返ってこないことがあるのだが、その友達の子どもから「○○くん（うちの息子）は今日こんなことやってたよ」と親伝いに教えてもらえたりする。

保育園や幼稚園でママ友を作る人は、たぶんこういう恩恵を受けているのだろう。目が増えると言えばいいのか、自分の子を意識して見てくれる人が多くなるのは、（面倒なこともあるだろうが）純粋にありがたい。子育てが楽になるとまでは言えないかもしれないが、思いもしないところから助けられている感じはする。ぼくらもその妻の友達にはこの先贈り物をすることもあると思うので、山崎さんが書いていたママ友同士のちょっとしたプレゼントの贈り合いには、そうした感謝の気持ちも多少は含まれているのかもしれない。

とはいえ、ぼくと妻がそういった付き合いを、もともとの友達以外とできるかと言うと、なかなか難しいと思う。二人とも社交的な人間ではないし、知らないところに入っていって新しい友達を作ったりするようなことは得意ではない。息子の今の保育園でも、他の保護者とはお迎えのときに挨拶するくらいのもので、だからもし違うところに引っ越したら、ぼくらは他の人とほとんど関わりを持たない生活になって、子どもたちの人間関係もおのずと狭まってしまうだろう。

だったら、ぼくらみたいな人見知りの親はどうすればいいのか？　いいアイデアがあれば教えてほしいくらいだが、冒頭でも書いたように、血縁を頼るのはひとつの方法だと思う。妻の妹の子どもたちとはやっぱり遊びやすかったし、きょうだいならではの融通《ゆうずう》がきいたりもして、気軽に声をかけることができた。

それに、血縁を頼るのは、昔ながらの方法だとも思うのだ。何で知ったかは忘れたのだが、子育てが大変だと感じる人が増えたのは、少子化で自分のきょうだいを頼れる人が減ったからだという話を聞いたことがある。昔はきょうだいがたくさんいるのが当たり前で、おじやおばに当たる人が一時的に子どもをみたり、いとこ同士で子どもを遊ばせることができたから、子育ての負担が軽減されていたそうなのだ。

でもたしかにぼくは子ども時代、いとことよく遊んでいた。特に二歳下のいとことは仲が良くて、学校の友達とも遊んではいたが、同じくらいそのいとことも遊んでいた。テレビゲームをしたり、プラモデルを作ったり、レゴをしたりと、完全にインドアの遊びが中心だったが、趣味が合ったので楽しかったし、兄弟みたいだと周りからもよく言われた。

それだけでなく、当時産まれたばかりだった彼の弟の面倒もよくみていた。その子はぼくにとって、自分が年下の子とちゃんと遊んであげられる年齢になってから関わった初めてのいとこだったので、すごく可愛く見えたのだ。幸い向こうもぼくのことを気に入ってくれて、遊びに行くといつも喜んでくれたし、彼が初めて覚えた言葉がぼくの名前だったほどだ。

ぼくらの親はどちらも共働きだったから、そういった子ども同士の付き合いが頻繁にあったことで、お互いに助かっていた部分はあったかもしれない。自分が今親の立場で考えてみても、人間的に信頼しているきょうだいに子どもをみてもらえるのは助かるし、他人よりも気を遣わなくていいから、気持ち的にも楽だっただろう（まぁ、きょうだい仲が悪い人もたくさんいるので、私は信頼できないと言われたらそれまでなのだが）。

それに、ぼくら子どもにとっても、そこでの関係性が人格形成に与えた影響は大きかったように思うのだ。ぼくは三人きょうだいの末っ子で、自分より下がいなかったから、お兄ちゃんとしての振る舞いはそこで学んだし、歳の離れたいとこと遊んでやることで、赤ん坊との接し方を自然に覚えることができた。

あと、子どもにとって、やっぱり上の子や下の子と遊ぶのは、大人に遊んでもらうのとは違う楽しさがあるのだと思う。

うちの息子も、姉の子どもである中学二年生と小学四年生の甥《おい》っ子二人に遊んでもらったことがあるのだが、そのとき顔を合わせたのが二年ぶりで、三歳の息子にとってはほとんど初対面だったにもかかわらず、あっという間になついて甥っ子たちの名前を連呼し、その日の夜には小学生の弟の方にお風呂《ふろ》に入れてもらっていた。息子が大人以外とお風呂に入るのは初めてで、ましてや小学生が付き添いなんて大丈夫なのかとちょっと心配だったのだが、息子は最初から最後まで甥っ子の言うことをよく聞いていたし、甥っ子の方も、普段お兄ちゃんにやってもらっているからなのか、シャンプーを洗い流すときに「目をつぶってね」と息子に声をかけたり、浴槽をまたぐときに手を貸してやったりしていた。自分の中でまだまだ小さい子どもだと思っていた下の甥っ子が、何の手助けもいらないくらい完璧に息子の世話をしているのを見て、ぼくは感心してしまった。姉いわく、甥っ子は普段は自分が一番下で、お兄ちゃんの友達と遊ぶことも多いから、下の子と遊べるのが嬉しかったそうだ。

甥っ子たちとの交流は今でも続いていて、つい先日も、自分が大事にしてきたおもちゃを、もう遊ばないからと息子にゆずってくれた。ぼくはそれを見て、『トイ・ストーリー3』を思い出したのだが（ウッディやバズの持ち主だった男の子が大学生になって、近所の小さい女の子に自分が大事にしてきたそのおもちゃをゆずってあげるからだ）、実際、子どもがそうやって下の子に何かをゆずるのは、双方にとって有益なことなのだと思う。あげた方は、子どもだった自分に線を引いて一歩大人に近づくわけだし、もらった方は、親からおもちゃを買ってもらうのとはまた違う喜びがあるだろう。

うちは、ぼくも妻も人付き合いがそんなに得意ではないけれど、そのぶん血縁に助けられているなと感じる。今はコロナ禍でなかなか会うことができないが、こうしたつながりがある限り、子どもたちの人付き合いはなくなりはしないし、親であるぼくらには与えられないものをもらってくれるんじゃないかという気はしている。

そういえば、少し前、前述した歳の離れたいとこの結婚式があり、乾杯の挨拶をお願いされた。コロナ禍での結婚式には正直抵抗もあったが、本人たちがすごく迷った上で決断したことだというのが伝わってきたし、比較的状況が落ち着いていた時期でもあったので参列させてもらった。それで、一応スピーチを用意していったのだが、あがり症なのに原稿を読むスタイルにしなかったことが裏目に出て、あまりいい挨拶ができなかった。ぼくはちょっと落ち込んで、式のあとに「頼りない乾杯の挨拶になってしまってごめんね」といとこにメッセージを送った。ぼくが今まがりなりにも子育てができているのは、当時赤ん坊だったそのいとこが、ぼくのことを好いてくれたからなのだ。ぼくはそれで自分が小さい子に好かれる人間なんだという自信を持つことができたし、その自信は、今自分が子育てをする上での大きな基盤になっていると感謝を伝えた。

するとしばらくしていとこから返事が来た。物心ついた頃から自分の中にはぼくというかっこよくて大好きな存在があって、それは今でも変わっていない。乾杯の挨拶、心から嬉しかったよ、と彼は書いてくれていた。一回りも下の子に気遣われて情けなかったが、二十五年も前の関係性が今でも確かに息づいているのだと思うと感慨深かった。

人付き合いをする中で、子どもが何を得るのかはわからないが、できれば大人になってからも残るような善き何かを得てほしい。もちろん山崎さんが書いていたように、それは人付き合いでなくたって構わない。自然でも、本でも、心を通わせることができさえすれば、そこには必ずつながりが生まれる。重要なのは、独りぼっちのまま子ども時代を過ごさないことなのだ。ぼくがいとこたちと関わることで多くのものを得たように、子どもたちにもそれぞれに何かしらのいいつながりが見つかればいいなと思う。

17

マスクや手洗い　山崎ナオコーラ

一歳の子どもが、「マスク」という言葉を言えるようになった。まだ少ししかない語彙の中に早くも「マスク」が食い込んできたのは、この時代の子どもならではだなあ、と面白く感じる。

小児科医が「二歳未満の子どものマスク使用はむしろ危険」と言っている記事を読んだため、本人にマスクを着けることはほとんどしないのだが、外出の前などに他の家族が着けているのを見ると、「マスク、マスク」と言いながら口の前で手をぱたぱたやって一歳児も着けたがる（正確な音声としては「マッキュ、マッキュ」という感じに聞こえる）。

インターフォンが鳴ると、やはり口の前で手をぱたぱたやる。宅配業者の方などの応対の際に大人が焦《あせ》りながらサッとマスクを着けて玄関に出るところを度々見て覚えたのだろう。最近は置き配指定をしているので、

「玄関前に置いていただけますか？　ありがとうございます」

モニターを通じてのやり取りだけで終わらせることも多いのだが、一歳児にセリフは聞き取れないため、

「マッキュ、マッキュ」

と玄関に走っていってしまう。

一歳児にマスクのなんたるかは理解できない。おしゃれアイテムといったふうに見えているのか。大人が帽子をかぶっていたら自分も帽子、ジャンパーを着ていたら自分もジャンパー、と、とにかく真似して身につけたがるあれと同じ感覚か。乳児あるあるで「ズボンやTシャツを何枚も重ね着したがる」というのがあると思うのだが、そういう感覚の「とにかく身につけたい欲」が湧いているのかもしれない。たぶん、この人はマスクが好きだ。二歳になって着けるようになったら、自然なファッションとしてやっていくのではないか。

頻繁に手を洗うのにも慣れていて、

「洗面所、行こう」

と誘うと、「当然」という顔でスタスタ洗面所へ向かい、台によじ登り、手を出す。

この人は「マスク・手洗いネイティヴ」として育っていくんだなあ、としみじみする。

今後、コロナ禍が過ぎ去るときもくるのだろうが、マスクの使用や念入りな手洗いの推奨は続いていくのではないか。コロナウイルスが世界から完全にいなくなることはまずないだろうし、他の病気が流行るときもくるだろう。環境破壊が止まらないので、ウイルスとの棲み分け

は難しく、これからも人間は病気への恐怖と共に生きていくのに違いない。

五歳児の方はすでにゆるく数年を生きてしまったあとなので、マスク・手洗いに関してはむしろ難しく感じているような気がする。ウイルスの概念はまあまあ頭に入っているみたいで、マスクや手洗いの必要性もわかっているようだが、体に染みついてはいない。

コロナ禍が始まったばかりの頃、五歳児は指の間や爪の中にも泡《あわ》が入るように一所懸命やっていた。でも、慣れてくると、石鹸《せっけん》をサッと付けたらすぐに水で流し、横着する。注意したらちゃんとやるが、しばらくするとまたおざなりになるので、頻繁にチェックした方がいいみたいだ。

マスクを着けるのを嫌がることはないが、「イレギュラーなことをがんばってやるぞ」という雰囲気は漂う。

「病気が流行らなくなったら、これをやめようね。あれをやろうね」

といった発言もよく出るので、「日常というのは、少し前の暮らし方のことである」と考えているように感じる。

この二人は四歳差だが、平成生まれと令和生まれという、まあ元号なんかで区切るのはバカげているがそういう違いもあって、少しだけ異なる時代感覚で生きていくのかもしれない。

先月、私の妹が子どもを産んだ。子どもたちにとっては、初めてのいとこだ。感染症対策が行われる中での出産で大変だったみたいだ。そんなわけで私もまだ赤ちゃんに会えていないのだが、きっとそのうち会えるだろう。前回、白岩さんがいとこの話を書いていて、「いい関係だなあ。いいなあ」と感じた。そんな関係をこの子どもたちも築けるだろうか。ただ、社会の網目が行き渡って、「血縁」だろうがそうでなかろうが気にならない世の中になったらいいな、という夢もある。いろいろな人といい関係が築けるといい。

ともかくも、この赤ちゃんは、この一歳児よりも、さらに新しい時代感覚で育っていくのだろう。

時代が下ると、「コロナ前生まれ」「コロナ後生まれ」のような世代の違いもできるかもしれない。

そういえば、私の父と母は三歳差なのだが、その間に第二次世界大戦の終戦を挟んでいるため、父は戦中生まれで、母は戦後生まれということになる。母は何かにつけて、「私は戦後生まれだから」と言っては父との差別化を図っていた。

よく知らないが、大昔のホモ・サピエンスとかネアンデルタール人とかが、「この頃は寒くて体調を崩す人が多い。体に毛皮を巻きつけたら元気に過ごせるらしいぜ」と服を着始めたときも、「裸でいることが普通だけど、がんばって服を着るぞ」と思っていたのではないか。でも、だんだんと生まれたときから服を着ている世代が増えて、「服を着ないと恥ずかしいのに、上の世代は裸が好きだなあ」という空気が生まれたかもしれない。

今も、時代の狭間なのだろう。

「マスク使用と念入りな手洗いが普通」という新しい人類に期待しつつ、私も時代に馴染んでいきたい。

ネイティヴ　白岩玄

今の小さい子どもたちが「マスク・手洗いネイティヴ」というのは、本当にそうだなとぼくも思う。一歳になったばかりのうちの娘は、生まれてからずっとマスクと手洗いが当たり前の世の中で生きている。なにしろ出産のときでさえ、立ち会いと面会ができなかったくらいなのだ。娘が人の顔を見るときには、常に口元にマスクがあっただろうし、ひょっとしたら、人の顔にはもともとマスクがくっついているものだと思っているかもしれない。

娘は移動がまだハイハイなので、外から帰った際は必ず念入りに手洗いをするようにしている。それが習慣づいてきたからなのか、最近、ままごとのキッチンセットの蛇口で、手を洗うまねをするようになった。もともとまねっこが好きで、「とんとんとんとんひげじいさん」などの手遊び歌も上手にやるから、

そのうち山崎さんのお子さんと同じように、マスクを着けるまねもするようになるかもしれない。このくらいの年齢の子どもは、日常的に目にするものをどんどん吸収していくから感心する。

そういえば、マスクの着用が当たり前になったことが、子どもの発達を阻害するのではないかという記事をネットで読んだことがある。特に一歳くらいまでの乳幼児は、大人の表情から喜怒哀楽を学ぶ際に、目鼻口の三点が見えていることが重要らしい（でないと顔だと判断しにくいようだ）。それを思うと、たしかにうちの娘は、コロナ禍より前の同じ月齢の子よりも、大人たちの目しか見えていないことが多かっただろう。

ただ、実際に一歳の娘を育てていて、そういったことがどれだけの影響を及ぼしているのかは正直よくわからない。今のところ、娘の発達に問題を感じたことはない。彼女はよく笑うし、人見知りではあるが、慣れた人にはとにかく愛想がいい。マスクで口が覆《おお》われていると、口の動きもわかりにくいと思うのだが、言葉が出るのも早くて「アンパン（マン）」「ポッポ」「パパ」「マンマ」「ぶーぶー」「あった」「はーい」「じゃーじゃー」「ないないばぁ」など、息子が同じ月齢だった頃よりも、はるかに喋ることができる。もっともそれは、個人差が大きいのだろう。口元が覆われていることにかんしても、ぼくと妻が基本的に家の中ではマスクをしないことが多いから、影響が少なかったとも考えられる。

それに、この前、妻が言っていてなるほどなと思ったのだが、たとえば、イスラムの一部の女性は日常的に顔を覆って目の部分しか出さないようにしているが、そこで育った子どもたちが人の表情を読むことが不得意だという話は聞いたことがないから、どこまで本当なのだろうという気持ちもある（もっとも、自宅では着けなくていいようなので、そういう意味では、今の我が家と同じ程度の顔の見えなさなのかもしれないが）。

いずれにしても、まだしばらくはマスクをせざるを得ない状況なのだから、そこは前提とした上で育児をしていくしかないだろう。でもぼくは、割と楽観視しているというか、マスク・手洗いネイティヴ世代の子どもは、案外たくましく生きていくのではないかとも思っている。

というのは、デジタルネイティヴ（生まれたときからインターネットがあった）世代の子たちを見ていると、やっぱりネットとの触れ合い方が上の世代とは全然違うように感じるからだ。ぼくはまったく詳しくないが、TikTokなどのSNSを見ていても、自分を表現するツールとしてうまく使いこなしている子が少なくない。なんというか、そこにはネイティヴならではの「身軽さ」のようなものがあって、高校生までネットで検索すらしたことがなかったぼくのような世代には、到底理解できない情報のやり取りが行われているように見えるのだ。もちろんそこにある種の危うさを感じることもあるのだが、それよりははるかに大きい前向きなエネルギーが彼らの中を行き来しているように思える。

そう考えたら、マスク・手洗いネイティヴである娘の今後も、決して悪いことだけではない気がするのだ。たとえ弊害があったとしても、彼女はぼくらとは違った形で、うまくコミュニケーションを取れるようになるかもしれない。たとえば、目のわずかな動きや、声のトーンや、その人が醸し出す雰囲気だけで相手の感情を察知できるようになるかもしれないし、恋愛において、手をつないだり、キスしたりすることがぼくらの頃よりもずっと特別なものになるかもしれない。

素人考えの理想論だろうか。でも何か、それくらいの可能性は信じてもいいように思うのだ。人はどんな状況下でもよりよく生きる術《すべ》を見つけるものだし、親であるぼくらも、マスクを着けたり着けさせたりしていることに変に不安になったりせずに、普段通りの自分でいられる気がする。

というわけで、一歳の娘にかんしては、まだ赤ん坊である分、いろんな可能性を感じてしまうのだが、今月で四歳になる息子の方は、もう少し現実的な問題があったりもする。彼はおよそ一年前まで、日常的にマスクをしない世界で生きていた。だから手洗いはともかくとして、マスクは生活の中に新しく入ってきた異物という感じで捉えたようで、最初の頃は着けるのをかなり嫌がった。息苦しいし、邪魔だし、においもあまり好きではなかったみたいだ。

いつだったか、水族館に行った際も、三歳以上はマスクを着用してくださいと言われたのだが、息子はマスクを嫌がって、引っ張って取ろうとしたので、良くないとは思いながらも、入口でだけ着けさせて、館内では外させてもらった。当時、息子は保育園の二歳児クラスで、マスクの着用を免除されていたため、家でも着ける練習をしていなかったことも原因ではあるのだが、そのときは何度着けさせても、むしり取ってポケットにしまってしまうので、どうしようもなかったのだ（だったら入場をやめればいいというのはその通りで、強行したのはぼくの甘えだ。申し訳ない）。

ただ、そんな息子も、保育園で同じ組の子たちがみんなマスクをするようになると、自分も着けたいと言い出した。それで彼の大好きな恐竜の絵がプリントされたマスクを買ってやると、これまで嫌がっていたのが嘘みたいに喜んでするようになった。今では休日に家族で出かけるときでも、マスクを着けてねと言うとすんなり着けてくれる。

本当に、保育園の力というのはすさまじい。息子はトイレトレーニングも家では全然できなくて、おだててもご褒美《ほうび》で釣っても断固としてオムツをやめず、ぼくも妻も困り果てていたのだが、保育園でみんながトイレでしているのを日常的に見ているうちに抵抗感がなくなったのか、出なくても便器には座ってみたりするようになり、あるとき成功した際に、先生や友達みんなに褒められると（ものすごい拍手を受けて、ハイタッチしたらしい）、それ以降普通にトイレでおしっこができるようになった。だからトイレトレーニングと同じく、息子がマスクを着けられるようになったのは完全に保育園のおかげで、集団行動の力ってすごいなとつくづく思う。

コミュニケーションにかんするマスクの弊害についてはどうなのだろう。学校では、マスクをしていることで教師や生徒間の意思疎通が以前のようにスムーズにいかず、難しさを感じることがあるそうだが、通っているのが田舎の保育園だからか、マスクを外して過ごすことも多いようで、今のところ目に見えるような問題にはなっていない。小学校に上がって、コミュニケーションが複雑になったりすると、息子も不自由さを感じるようになるのかもしれない。

いずれにしても、娘と同じく、悪いことばかりではないと信じたいものだ。でも、もし子どもたちが困ったときは、大人の自分ができる限りサポートしてやりたい。ぼくはマスクも消毒も一切必要がない子ども時代を過ごせたわけだし、そのありがたみは、マスクを着けている今の子どもたちに還元すべきだと思うからだ。

18

こんな生活の中でのコミュニケーション能力　山崎ナオコーラ

「マスク・手洗いネイティヴの人の今後は悪いことだけではないのでは？」という白岩さんの文章を読んで、確かにそうだなあ、と思った。

次世代では、新しい恋愛の感覚が芽生えて、新感覚の面白い恋愛小説も生まれるかもしれない。

考えてみれば、原始のホモ・サピエンスが服を着始めたときも、「服を着て体を隠されたらコミュニケーションが取りづらい」とか、「服を着ている人との恋愛は難しい」とか思われていたかもしれない。だが、今となっては、服を着ている方がコミュニケーションが取りやすいし、服を着ている方が恋愛できる。

とはいえ、今、育児界隈では、「この世代はコミュニケーション能力が下がってしまうのでは？」という心配をよく耳にする。

マスクで顔を隠しながらの会話、黙って食べる給食やお弁当、人

との間に距離を作りながらの行動、公園に行っても家族単位での遊びが推奨され他の子どもと遊ばない、そもそも出かける回数が極端に少なくなっている、という、これまでの他の世代とは違う環境で数年（あるいはもっと？）育つことになり、コミュニケーション能力を鍛《きた》える機会が減っている。

どうしたらいいのか？　正直、私も、答えがわからない。

もともと、コミュニケーション能力の育成に、私は自信がなかった。

うちにいる五歳児はどうもコミュニケーションがうまく取れないときが多いみたいだな、と感じたのは、二年ほど前のことだった。まず気になったのは、挨拶がなかなかできないこと。未就学児は、挨拶ですべてを判断されるようなところがある。「おはよう」「ありがとう」「ごめんね」「さようなら」。これらが言えると「いい子」、言えないと「いい子じゃない」という雰囲気は、どうしても漂う。

あれ？　言葉はわかっているのに、なんで言わないんだろう？　そうか、親の私もあまり挨拶できていなかったのかな。反省しないと……。ものすごく焦った。「親が挨拶をしている姿を見せていれば、自然とするようになりますよ」とみんなが言う。

一年ほど、いろいろと調べたり、習いごとに通ったり、がんばった。言語能力は発達していて図鑑の話などペラペラ喋るし、こちらが話すことも理解できている。けれども、挨拶だけ改善しない。そうして、いわゆる「アスペルガー症候群」に当てはまるんじゃないかな、と思った。

数回前の原稿と重なるが、わかりにくいことなので簡単に再度書かせてもらうと、昔の医療の場所では「知的障害」は伴わずコミュニケーションの面での問題を抱えがちな性質を「アスペルガー症候群」と呼んでいたが、今は典型的な特徴のある人もそうでない人も、「知的障害」のある人もない人も、いろいろな人を含めて「自閉スペクトラム症」という広い言葉で捉えるようになっている。最近は「ASD」という頭文字で表されているのもよく見かける。

そして、「ASDに当てはまるのでは？」と思ったのは私だけで、もうひとりの親も、祖父母も、保育園時代の先生方も、今の幼稚園の先生も、そうとは感じていないようだった。確かに、自閉症の典型的な特徴はない。一対一での会話はスムーズだ。だから、本を開いて「自閉スペクトラム症」のところを読むと「あまり当てはまらないなあ」と感じたのだが、ネットや書籍には「アスペルガー症候群」について書かれている文章がたくさんあり、「これじゃないのかな」と私は思った。コロナ禍なので病院などに無闇《むやみ》に行かない方がいいのかなあ、焦ることでもないし……、とゆっくりしていたが、いろいろ調べると、やっぱり行った方がいいみたいな気がしてきたので、昨年、行動を開始した。

親（私）の判断で児童発達支援センターに相談し、病院へ連れていき、受けた知能テストは点数が良くて凹凸も出なかったが、親の主訴から「そういう傾向があると捉えていいでしょう」と医師は診断した。

私は、発達障害やASDにまつわる書籍やネット記事をよく読むようになった。世間には体験談がたくさんあった。

よく目についたのは、「受容」に時間がかかることを中心にする描写だ。発達障害に限らず、病気や事故によって自身や子どもに診断名が告げられたときに、最初は泣いたり怒ったりして、「障害」を受け入れるのに時間がかかる。あるいは、診断名を聞いて胸に落ち、逆にほっとする。医師から「お母さん、これまで大変でしたね」などと言われて泣く、といったシーンに重点が置かれている文章やマンガがたくさんあった。

でも、これらの話が、私にはまったく当てはまらないのだ。今は、もう一歩進んだ話の需要もあるのではないか。とにかく私としては、もう一歩進んだ話が欲しかった。

今は、インターネットの普及などで情報が増えており、当事者になる前から知識として慣れ親しんでいたり、自分から「これではないかな」と思って受診する人もたくさんいる。また、親からの相談といっても、「育児が大変」ということではなく、より良い教育をするために特性を知りたいという場合もある。

それから、普通とか普通じゃないとかを気にしない親も増えている。

あるいは、医師に対し「先生」とか「教えてください」だとかといったことだけを言う、「一般的な患者キャラ」になることが難しい人もいる。

ちょっとテーマとずれるかもしれないが、私がここのところ気になっていることを書いておきたい。

育児エッセイを書くことが多かった最近の私に、社会学者や小児科医の方などとの対談の仕事依頼が増えた。相手の方も、編集者や記者の方も、みなさん素敵な方だ。私はこういった仕事に際し、「自分は文学者として、社会学や医療に詳しい人と対談するのだろう」という気持ちで臨《のぞ》んでいた。だが、実際に対談を始めたときの編集者さんや記者さんの反応を見て、「あれ？　私、期待に応えていない？」と感じることが何度かあった。たぶん、私に期待されていた仕事は、「先生、教えてください」「イライラしちゃってつい子どもを叱っちゃうんです。どうしたらいいですか？」といったことを言うキャラに徹することだったのではないか（これは、仕事相手の方が悪かったのではない。学者さんやお医者さんの方は私を作家扱いしてくださって恐縮だった。編集者さんや記者さんは拙著《せっちょ》を読んで準備したり完璧にセッティングしたりと仕事ができる方だった。つまり、社会全体の空気に私がここで気がついた、という話だ）。

こういうことを感じているのは、きっと私だけではない。

育児者は「教えてくださいキャラ」だと社会的に捉えられている（もしかしたら、育児者の性別によって扱われ方が違ってくることもあるだろうか？）。

いや、もちろん、医療を受けるとき、教育を受けるとき、私も相手を「先生」と呼び、素直に教えを乞《こ》い、尊敬や感謝を抱く。だが、「個性を消した弱者キャラ」になろうとは思えない。

私は、発達障害の診断のためにひとつ目の病院に行ったとき、事前に提出する書類に「現状、本人も困っていないし、親も大変さを感じていないのですが、小学校に上がったときのために今からできることがあるのではと、早めに対策したいと思いました」「幼稚園からは何も言われていないのですが、私がそうかなと感じました」と書いて出したのだが、いざ診察を受けると、まず「お母さん、大変でしたね」「幼稚園でも困っているでしょうし」というセリフが医師から出て、「あれ?」と思った。「大変ということではなく……」と説明を試みたが、会話は最後まで噛み合わなかった。どうして伝わらないのだろう、と考えるに、おそらく、型にはめられているんだな、と……。

医師を責めたいわけではなく、型にはまらないといけないんじゃないか、「世間から求められる親キャラ」の仮面をかぶって病院や療育に行かなければ、と、つい育児者が思ってしまうような状況が育児シーンには多いのだ。でも、はまらなくてもいいんじゃないかな……。微妙な話なので、気にしない人には理解しにくい話かもしれないのだが、気になっているのはおそらく私だけではないだろう、意外と少なくないのでは? と思い、ここに書いた。

今、発達障害は増えている。それは当事者が増えているということではなく、診断が増えているということだ。十年前だったら何も診断されず、通常の教育のみを受けていた人が、今は診断を受けたり、療育や特別支援教室などに申し込んだりすることがある。それには賛否があるが、私個人としては「いいことなんじゃないかな」と思っている。

うちにいる五歳児も、十年前だったら特に何も配慮されることはなかっただろう。勉強に支障はないような気がするし、大きな問題を起こす感じでもない。でも、うちにいる五歳児の場合、診断名をもらうことは人生にプラスになるだろう、と私は考えた。まず、ＡＳＤの場合、療育は早い時期から受けた方が効果があるという。また、自分の特性を知っておくことで二次障害を防げるという（今後、学校や職場などでコミュニケーションがうまく取れず、「どうして自分はうまくできないのか」と悩むことがあるかもしれない。自身の特性を知らない場合、理由も対処法もわからず、自己肯定感が著《いちじる》しく下がったり、うつ病などの二次的な精神疾患を抱えたりして、生きにくくなることがあるらしい）。

でも、これは私個人の考え方なので、みんなそれぞれ、自分の信念で進むのがいいと思う。

今回の原稿は、「コロナ禍におけるコミュニケーション能力についての話」を書こうとしていた。この話題では、「こういう工夫で能力を伸ばせる」などのアイデアの需要があるに違いないのだが、それこそ学者や医師の方がそれは供給できるだろうし、文学者の仕事ではないだろう。

個人の話を書かなくては。

発達障害の当事者でなくても、こういった話に興味がある人は多いと予想する（現に、私も当事者でなかった頃から興味があった）。

とにかく、私の場合は、子どもの特性をきっかけにコミュニケーション能力のことを考えるようになった。

今は、学力よりもコミュニケーション能力を重視される時代だ。

昨年、病院や療育通いを始める前の私は、挨拶、挨拶、挨拶と思っていた。

挨拶できなければ生きていけない、と頭を抱え、コロナ禍の外出自粛でさらにコミュニケーション能力が下がると懸念した私は、「動画を見る前には必ず、『おはよう』『ありがとう』『ごめんね』『さようなら』と言う練習をしなければならない」というルールを作った。ファストフード店でアルバイトをしていた頃、フロアに出る前に接客用語の発声練習をしていた。それみたいにやった。子どもが復唱できたら、「よし、観ていいよ」と動画を流す。数ヶ月やった。だが、だんだんと「こんなことしていいのかな」と心が痛むようになり、やがて「どうも間違っているな」と感じ、やめた。

挨拶って何？　コミュニケーションって何？　自分自身がもっと根本的なところを考え直さなければいけない、と思い至った。

現在、一番感じていることを書くと、こうだ。

「おはよう」「ありがとう」「ごめんね」「さようなら」が言えなくても、「いい子」だ。療育を受けさせたい。それは決して、「普通と違っているせいで困ったり大変だったりしているから、普通になるように治したい」と思っているわけではない。

「特性を知り、自分に合った教育を受けて欲しい。周囲を傷つけることなく、自分も大事にして、生きていって欲しい」と願っている。

もちろん、挨拶しなくていいとは思わない。挨拶できるなら挨拶した方がいいに決まっている。でも、みんながみんな、同じように成長して、同じような挨拶ができる子どもになるわけじゃない。多様な成長がある。
コミュニケーションは、挨拶という型だけでしか行えないわけではないだろう。挨拶なしでいきなり図鑑の恐竜の話を始めるのは相手に失礼かもしれないが、性格が悪いせいでそう喋っているのではないはずなので、「こういう形のコミュニケーションなんだ」と捉えてもいいのではないか。失礼にならないようにするにはどうしたらいいのか、本人も私もまだ見えていないが、療育を受けているうちに、何かが見えてきたら嬉しい。

五歳児が通う幼稚園では、先生方が、子どものことを「人《ひと》」と呼ぶ。「○○な子」と言いがちなところを、「○○な人」と言う。たとえば、保護者への報告のとき、「今日は、恐竜ごっこで遊んでいる人や、忍者ごっこで遊んでいる人がいました」といったふうに、「子」で表現しそうなセリフを、必ず「人」と言う。たぶん、意識的に言っていると思う。それと、先生が自身のことを、「私」と言う。こういう仕事の人は子どもと話すときに主語を「先生」にしがちだと思うのだが、「私」で喋っている。たとえば、「先生は好きだなあ」と言うところを、「私は好きだなあ」と言う。

子どもも人間だ。教育相手として関わっているだけでなく、人と人としても付き合っている。私もできるだけそうしようと思う。子どものコミュニケーション能力を育成できる、と考えていた私はおごっていた。

まずは、自分自身に「コミュニケーションとは？」と問い直さなくては。そして、子どもと人間関係を築かなければ。

痈癪とコミュニケーション　白岩玄

世の中が育児者に対して求めてくる態度がある、という山崎さんの指摘は、すごくよくわかる。ぼくの場合は、父親の一人としてメディアで発言を求められたことがこれまでに何度かあるのだが、そのときに感じたのは、父親は育児のことを話す際に成績表を提出しなければならないんだなということだった。要は、あなたはどれくらい家事や育児をしていますか、ということを、まず第一に訊かれることが多いのだ。母親にはおそらくしないであろうその質問に答えてからしか子育てのことを話せないし、そこである程度の成績をおさめていることを証明しないと、何を言っても聞く耳を持たれな

いような雰囲気すらある。

似たようなことで言えば、たとえば小説で、家のことを普通にやっている父親を書く際も、その男性が家事や育児に主体的に取り組んでいる様子をいちいち書かないと、そういう男性だと思ってもらえないということがあると思う。母親であれば、別に何も書かなくても、それなりに家事や育児をやっているのだろうと読み手が勝手に想像してくれるのだが、父親の場合は、どうしても世間一般のイメージに引っ張られて、何も書かれていない＝家のことはあまりやらない人、になってしまう気がするのだ。だから、その先入観を取り払うために、いつも過剰に家事育児をしている場面を描いているのだが、本来であれば、まったく必要ではない描写をしているようで、なんだかなぁと思ってしまう。

もちろんこれらは、女性が家事育児をするのが当たり前に思われていることの裏返しでもあるのだが、一方で、家事育児を日常的にしている男性が、いつまでも成績表の提出を求められたり、あるいはフィクションの中で、読み手の誤解を解くためだけに男性に家事育児をさせなければならない現状は、あまり健全とは言えないし、どうにか変えていきたいものだ。

さて、山崎さんが気にされていた、子どもの挨拶についてだが、うちの四歳になったばかりの息子も挨拶をしない。本当につい先日、知らない人にも「こんにちは」の挨拶はしようね、と教えると、その人に聞こえないくらいの声で「こんにちは」と遠くから言うようにはなったが、あまり挨拶の意味をなしていない（できたことはすごく褒めたが）。「おはよう」も同じで、人形遊びをするときなんかは、人形が眠りから覚めた際に「おはよう」と連呼しているのに、普段の生活だと、朝、保育園の先生に「おはよう」と声を掛けられても、返事をせずにもじもじしている。おそらく自分が言いたいかどうかが大きいのだろう。人としての礼儀や、人付き合いを円滑《えんかつ》にするための挨拶というのが、息子にとってはまだ難しいのかもしれない。

ちなみに、「さようなら」や「ばいばい」は一応言えるが、促されないと口にしない。逆に、挨拶ではない「ありがとう」と「ごめんなさい」は割と言う方で、ぼくが車のドアを開けてやったときでさえ礼を言うくらいだから、それなりに習慣づいていると思われる。ごめんなさいも、以前は何か悪いことをすると謝れずに泣いてしまっていたが、最近は自分から謝るようになった。ただ、しばらく時間が経つと、同じことをまたしてしまうので（下の子が遊んでいるおもちゃを奪い取ったり、体をどんと押したりして泣かせてしまうことが多い）、とりあえず謝っているだけかもしれない。

そんなわけで、息子は四歳にして、未だに挨拶が身についていない。親がやっていればできるようになるというのも、今のところは「本当に？」と疑いたくなるほどで、ぼくらは日頃からやっている方だと思うが、一向にまねする気配がない。でもまぁしばらくは厳しくしつけたりせずに、ちょくちょく促しながら、自然にできるようになるのを待つつもりでいる。たしかに挨拶ができないと、あまりいい子だとは思われない節はあるが、親の目を気にして挨拶をするようになったら、それは挨拶ではない気がするからだ。

コミュニケーションについて、もうひとつ書きたいことがある。

息子にかんしては、挨拶ができないことよりも、ときどき起こす癇癪《かんしゃく》の方が心配だった。最近はそんなでもなくなったが、二歳から三歳の半ばくらいまでは、些細《ささい》なことでも苛立《いらだ》ちが募ると大泣きして、泣き止まなくなることがときどきあった。言葉の発達が他の子よりも遅れ気味だったので、そのぶん体で表現するというか、地団駄《じだんだ》を踏んだり、寝転がったり、ぼくらを蹴《け》ったり叩いたりする。そして周りに人がいたら、誰もが残らずこっちを見るような大声で三十分近く泣き続けるのだ。

そういうときに、どうするのが正解なのか、ぼくにはよくわからない。育児書を開いたこともないし、専門家に相談したこともない。でも、ぼくらがその当時、自分たちなりに考えて取っていた方法を言うならば、とにかくまずはしっかりと息子をホールドして、それ以上暴れないようにする（そうしないとどこに走っていくかわからないし、周りにあるものを強く叩いたり、力づくで壊そうとするからだ）。そして、息子が何を嫌に感じていたのかを始めから順を追ってひとつずつあげていく。「○○が嫌だったんだよね？」「○○がしたかったんだよね？」そうやっていくつか列挙したあとに「そう？」と訊くと、泣きながら「そう」と返事がある。そのやりとりを何度か積み重ねていくうちに、言葉にならない感情が少しずつ外に吐き出されていって、だんだん気持ちが落ち着いてくるようだった。だから、ある程度それでうまくいくことがわかってからは、毎回その方法でなんとか乗り切っていた。

あとは、息子は大泣きすると、ぼくや妻のことが嫌いだとわめくのだが、どれだけ嫌いだと言われても「パパは○○（息子の名前）のことが好きだよ」と繰り返し伝える、というのもよくやった。自分がもし息子のような状態になったときに、どんな言葉をかけられるのが嬉しいだろうと考えると、大泣きして感情の抑制がきかなくなっている自分を、それでも好きだよ、と言ってもらえたら、ちょっと安心するような気がしたのだ。あと、これのいいところは、息子のことが好きだと何度も口にすることで、自分自身の気持ちが少しずつ落ち着いていくことだ。あなたを大事に思っているというメッセージを送り続ける行為には、言った本人の他人を受け止めるキャパシティーを大きくしてくれる効用があるらしい。

とはいえ、これらの方法でなんとかなったのは、比較的最近のことではある。もう少し前、二歳のイヤイヤ期と癇癪が重なったときは、もっと大変だった。言葉の理解が今よりもずっと曖昧だから、こちらの言っていることもあまり伝わっていないみたいだったし、ぼくらもまだ息子の癇癪の対応に慣れていなかったから、あれこれ気分を変えるような提案をしても「いやだ」と激しく首を振られ、息子の苛立ちを増長させることになってしまった。本当に、何をやっても効果がなくて、最終的には息子が服を脱ぎ散らかし、全裸で皿を投げて割り、頭がおかしくなったんじゃないかと思うくらい泣きわめいて、そのまま泣き疲れて眠ってしまったこともあった。その頃は本当に息子が癇癪を起こすのが怖かったし、機嫌が悪かったりして雲行きが怪《あや》しいときは、なるべく刺激しないようにそっとしておいたり、早めに楽しいことに誘って気持ちを切り替えさせたりしていた。

そんな感じだったので、ぼくと妻も、息子が発達障害なのではないかと思ったことは何度もある。通っている保育園で癇癪に近いことを起こしたときは、療育に行かせることも考えた。でも、結果的に病院に行かず、様子を見ることにしたのは、(前も書いたが)三歳半を越えたぐらいの頃に、息子のコミュニケーション能力がぐっと伸びたからだ。息子は以前よりも自分の希望をはっきりと口にできるようになり、ぼくらの言うこともよく理解しているなと感じることが増えた。もちろん今でも機嫌が悪くなって大泣きすることはあるのだが、感情や思いをより正確な形で吐き出す言葉が使えるようになったのは、息子にとって大きなことだったらしい。

とはいえ、この先、何らかの傾向が目につくようになって、やっぱり病院で診断を受けた方がいいと思うこともあるかもしれない。前回の山崎さんのエッセイを読んで反省したのだが、診断を受けたり、療育に通ったりすることを、もっと前向きに捉えるべきだなと思った。ぼくはどこかで、療育に通わなくて済むかどうかの基準で子どもを見てしまっていたけれど、自分の特性をきちんと理解するのは大事なことだし、ストレスを緩和したり、人生をよりよく生きていくためにも必要なことだ。ときにはプロの手を借りながら、自分たちもいろいろと試行錯誤して、息子とのコミュニケーションを深めていけたら、それが一番の理想だろう。

今回はコロナのことが一切絡んでいない原稿になってしまった。でも、子どもとのコミュニケーションは、コロナに関係なく、難しさを感じるのが常だ。そして、ぼくはその難しさを、ある部分では、ずっと感じていた方がいいのではないかとも思っている。簡単ではないと思うからこそ、ぼくらは相手に敬意を持てるのだし、他人に対する想像力というのも、わからないと思わなければ、そもそも働かないからだ。

挨拶ができなくても、癇癪を起こしても、そのままの息子を受け止めたい。目の前にいるのは、自分の思うようになんていかない他人であるということを忘れないようにしながら、子どもたちと関わっていきたいものだ。

19

これからの世界　山崎ナオコーラ

父親に対してだけ育児成績表の提出を求める空気、言われてみれば確かに世間にただよっている。白岩さんの文章を読むまで気がつかなかった。もしかしたらその空気作りに自分も加担してしまったときがあったかもしれないので、態度を改めたい。

それから、癇癪を起こしている子どもに真摯に向かい合う白岩さんの姿が目に浮かんで胸にぐっときた。私は自分で考えるよりも先に本やネットで調べてしまうところがあるので、そうではなく、まずは一対一で子どもと向かい合い、自分の頭で考えたコミュニケーション方法を取らなければいけないな、と反省した。

さて、「アフターコロナ」という言葉を世間でちらほら耳にする。これからの世界はどうなっていくのか？　流行が落ち着いても、単純にコロナが流行る前の世界に戻るわけではないだろう。

きっと、悪いことばかりではない。先日、韓国にいる作家とオン

ライントークイベントを行った。コロナが流行る前、私はオンラインイベントの経験がなかった。だが、今ではよくやっている。オンラインなら、遠くに住んでいる人とでも話せる。対談やトークショーや打ち合わせをオンラインで行うことが、多くの人の常識となってきた。

これを書いている今、コロナの流行で実際に海外へ出ることは難しくなっているが、急速にネット環境や情報リテラシーを多くの人が持つようになり、むしろ外国は近くなっているとも感じられる。

それから、「オンライン旅行」なんていう言葉も流行って、想像力が鍛えられてきた。インターネット、分身ロボット、動画、写真、書籍、想像力といったものがどんどん進化して、遠くまで行けるようになっている。

「リアルな旅行」のハードルは上がったが、「リアリティのある旅行」だったら、数年前より格段に簡単になった。

世界はフラットになっている。これからもっと平らになるんじゃないかな。

せっかくなので、ここで、「関係性もフラットに向かっていいのではないか？」ということを考えてみたい。

最後の最後でまた余計なことを書くが、前回少し触れて、どうしてもちゃんと考えてみたくなったので書く。まあ、小さい話なのだが、私が気になっているのは、「先生」という呼び方だ。私は医師を「先生」呼びすることに馴染めない。「ドクター」だったら馴染める。

「医療従事者に感謝を」というフレーズをこの頃よく目にする。

コロナ禍において、医療従事者の方々は大変な責任と過酷な環境と劣悪な待遇の中で仕事をすることになってしまっている。感謝をし、感染拡大を止める努力をしなければならない、と私も思う。

病院にはスタッフがたくさんいる。看護師さん、看護助手さん、清掃員さん、警備員さん、医療事務の方、救急救命士さん、薬剤師さん、診療放射線技師さんなどは「先生」呼びされておらず、医療従事者を表すイラストなどでも中心にいない。スタッフ間でも医師だけを「先生」と呼んで高い地位に置く病院が多いが、それは必要なのか。それぞれの専門性があってこそ医療は成り立っているはずだ。

今はもっと大きい問題があるのだからそこはスルーしろ、と言われるかもしれないが、言葉の問題だから、作家の仕事かもしれない。医師だけが「先生」呼びをされ、別格の高い地位にいるのはどうなんだろう、と考えたい。医療機器の不足などによって医師が命の選別をせざるを得ないような状況も起こっており、医師の責任や負担は想像を遥かに超えた重さになっている。慮らなくてはいけない。ただ、それは上下関係を作ることで示す必要はない、と私は思う。

東京オリンピック・パラリンピック開催の数ヶ月前、看護師を五百人派遣するように大会組織委員会から日本看護協会に要請があったそうだ。医療崩壊が起こっている現状とそぐわないという反発の声が大きく上がり、記者から「看護師五百人派遣は可能だと思うか？」という質問を受けた菅義偉《すがよしひで》総理大臣は「看護協会で現在休まれている方もたくさんいらっしゃると聞いているので、そうしたことは可能だと思っています」と答えた。そういった報道を見て、看護師さんの職業が国から軽んじられているのではないか？　と私は感じた。

ここで、脱線するようでいて繋がることを書くと、保育士さんの呼び方も私はちょっと気になっている。現場における会話では保育士さんを「先生」呼びしていることが多いんじゃないかな、と私は想像する。

だが、文章においては「幼稚園の先生」という言葉はよくあるが、「保育園の先生」という言葉はあまり見かけない。私自身、エッセイの中で、書き分けてしまった。だが、最近、保育士を先生呼びしないのなら小、中、高、大学の教師も「先生」と呼ぶ必要はないと思うようになった。

どうも世間には看護師さんや保育士さんを軽んじる空気があるのでは、と感じてしまうのだが、これは「家族の代行をしている」という古い見方が残存しているのが理由ではないだろうか。旧来の社会においては「家族内にいる特定の性別の人に無償で押し付けてきた仕事を、外部の人に有償で代わりにやってもらう」という見方があったように思う（近代小説を読んでいると、看護婦を呼ばずに伯母が看《み》る、だとか、保育士ではなく祖母や伯母や姉が子守をする、だとかという描写によく出くわすので、「家族内で看病や介護や保育をするべき」という考え方が昔は主流だったのでは？）。それが今でも残ってしまっていて、看病や介護や保育に関する職業が、専門職であるという見方をなかなかされていないように思われる。

ただの言葉だし、スルーすればいいのかもしれないが、「先生」と呼ぶ職業と呼ばない職業があることが、不必要な上下関係を作ることにつながっていると感じられる。

私の感じ方は少数派だろうし、この意見には批判が多くあるだろうと予想するが、私は学校でも「先生」呼びは必要でない気がしている。親も、名前で呼ばれていいと思っている。子どもと上下関係を作らなければ教育ができないというのは変だ。上だの下だのという感覚はいらない。それこそ、一対一の人間関係だけでいい。

おそらく、「一部の専門職で、学歴と収入が高い人を『先生』と呼ぶ空気」が漂っている。ただ、いくら学歴や収入が高くても、デザイナーやＩＴ関係などの新しい職業に就いている人を「先生」と呼ぶのはほぼ見かけず、弁護士や公認会計士や医師などの昔からある職業に関してのみに見かける慣習だから、「先生」呼びの感覚はもはや古くなっているのに違いない。変化のときだろう。

私としては、法律、学歴、資格、収入なんかに関係なく、現場における職業の専門性を見て、その職業を尊敬した方がいいと思う。

……と書いたが、私が実際に病院や教育現場で「さん」呼びができるかと考えると、その勇気はない。空気に流され「先生」呼びを続けてしまいそうだ。

だが、谷崎潤一郎も『陰翳礼讃《いんえいらいさん》』を書いて日本風の暗さを賛美しながらも自宅のトイレ設置時は西洋風に明るく清潔に造った、と聞くので、文学者は頭でっかちな理想論を表すのも仕事なんじゃないだろうか。……なんて言い訳を書いておく。

とりあえず、私はもっともっとフラットな世界になることを夢想している。

本当にそうなるんじゃないかな。

このエッセイはここまでです。本当に楽しかったです。

誠実で情感あふれる白岩さんの文章と、頭でっかちの私の文章は、面白い組み合わせで、読者の方にも楽しんでもらえるんじゃないかな、と予想しています。

一緒にデビューした同期は白岩さんだけなので、こうして一緒に本が出せるのは感慨深いです。ありがとうございました。

ニューノーマル　白岩玄

医師や弁護士など、一部の専門職に就いている人を「先生」呼びすることに違和感があるという山崎さんの原稿を読んで、こんなことを思い出した。

昔、二十二歳くらいのときに、何度か講演の依頼を引き受けたことがあるのだが、当日会場に着くと、迎えてくれる人たちが、みんなぼくを「先生、先生」と呼ぶのだ。一応「作家先生」という扱いらしいのだが、自分の親くらいの年齢の人たちにまで先生呼びされ

ることになじめなくて、あるとき、アテンドしてくれた中年の男性に、「ぼくなんてまだ二十歳そこそこの若造だし、先生なんて恐れ多いですよ」と言ったら、その人は「いや、まぁ正直なことを言えばね、みんな名前を覚えるのが大変だから『先生』って呼んで済ませてる部分もあると思いますよ」と教えてくれた。ぼくは、なるほど、そういうことだったのかと感心して、それ以来どこで先生と呼ばれても、あまり違和感を覚えなくなった。その呼び方をする彼らにもメリットがあるとわかったからだ。

とはいえ、山崎さんが指摘する違和感もわからなくはない。先生という言葉は人と人との関係にどうしても上下を作ってしまうし、それが必要なこともときにはあるのかもしれないが、上になる人を過剰に崇《あが》め、下になる人を必要以上に無能なものとして扱いかねないのも事実だ。本当はあらゆる人が互いに自分の知らないことを教え教わる関係が理想なのだから、そういう社会にしていくためにも、固定化された「先生呼び」を疑ってみるというのは意義のあることだと思う。

個人的には、コロナ禍になってからよく聞くようになった「医療従事者」という言葉も、なんだか医療を提供する人というニュアンスが強すぎて、その人たちがプロフェッショナルだということ以外が見えにくくなっているように感じる。一人一人の人間が職業としてその仕事をしている限り、彼らも個人的な悩みや家庭の事情を抱えていたりするのだから、もっとごく普通の人たちであることが強調されてもいいような気がする。なかなか外には出てこない彼らの痛みや葛藤《かっとう》が、社会全体にもう少し共有されることで、世の中の人の行動が変わってくることもあると思うのだ。これまでにもメディアやＳＮＳなどで彼らの個人の声が取り上げられているとは思うが、「大変だ」という言葉ひとつでなんとなく片づけられている気がするので、今後のためにも継続的にメディアで取り上げてもらいたいなと思う。

　さて、この連載は今回で終わりなのだが、これから先の世の中についてちょっと触れておきたい。アフターコロナ、という言葉が山崎さんの原稿の中にも出てきたが、ぼくは同じような意味合いの言葉の中でも、特に「ニューノーマル」（＝新しい生活様式）という言葉が気になっている。もともとは経済の分野で使われていた言葉らしいが、コロナ禍の暗い印象をうまく閉じ込めて、新しさと前向きさを感じさせる面白い言葉だなと思う。なんというか、これがニューノーマルです、と言われたら、なんとなくそうかもなと思ってしまいそうになるのがすごい。

　ニューノーマルになった事柄はたくさんある。手の消毒やマスクの着用はもちろんのこと、リモートワークやオンライン飲み会もそうだし、ソーシャルディスタンスなんてのも、コロナの前までは影も形もなかった。時短営業、ステイホームなど、ぼくらは誰がどう見ても、これまでとは違う新しい世の中を生きている。

　オリンピックだって、コロナのことがなかったら、ここまで揉《も》めたりしなかっただろう。開会式の演出など、それなりに問題はあったとしても、結局は普通に開催されて、ＩＯＣに対する不信感もそんなには生まれなかったかもしれない。そうした、オリンピックというものへの捉え方の変化だって、ある種のニューノーマルだ。ぼくらはこの先、オリンピックってそもそもどうなの、とどうしたって考えてしまうし、たぶんもっとたくさんの「これまでは当たり前だったこと」を疑うようになるだろう。それがいいことなのか悪いことなのかはわからないが、二十一世紀だなという感じはする。

そしてもうひとつ、ぼくがどうしても気になってしまうのが「分断」のことだ。これはコロナ禍が始まる前から起こっていたことではあるけれど、ＳＮＳの普及によって、昔よりもはっきりと人々の価値観（たとえば人種差別や同性愛などに対する考え方）が乖離《かいり》してきていることを肌で感じるようになった。コロナ禍で世の中に余裕がなくなってきたことで、その溝《みぞ》はさらに深くなっているように思えるし、もはや永遠にその溝が埋まることはないのではないかという気もする。

そんな世の中で、四歳の息子と一歳の娘は、これからどんなふうに育っていくのだろう？ぼくにはまったく想像がつかないが、できればこうした状況のひとつひとつをなるべく肯定的に捉えられるようになってほしいなとは思う。

これまで当たり前だったものを疑えるのは、悪い膿《うみ》を出して、今までになかったものを作り出すチャンスだし、マイナスのイメージで語られることが多い分断だって、みんなが同じ考え方をしなくてもいいと思う人が増えてきたという意味では、そこまで悪いことでもなかったりする。おまけに、分断にかんしては、もし子どもたちが、互いにわかり合えないことを前提とした上で、それでもなお、自分と意見の違う人とコミュニケーションする方法を模索しようとしてくれるようになったら、こんなに力強いことはないだろう。ぼくなんかはつい価値観の合わない人とは距離を取ってしまいがちだが(もちろんそうすることもある部分では必要なのだが)、いつか息子や娘に、そういう考え方はもう古いよと言われてしまうかもしれない。自分を守ってばかりの情けない大人だな、と子どもたちに見限られないように、できる努力はしていきたいものだ。そうして、なるべく悪しきことではなく、善きことが、世の中のニューノーマルになっていけばいいなと思う。

最後になるが、この連載のパートナーである山崎さんにお礼を言いたい。実はこの連載は、もともと子育てのことのみを書く予定だったのだが、コロナ禍になって、どうしても日常にコロナのことが入り込んできてしまい、だったら、いっそそのことも含めて書いてみようということになった。ただ、そうは言ってもコロナのことはデリケートな話題が多く、語り口が難しいので、本当に書いていいのかどうか、ぼく自身は正直迷いがあったのだ。でも、そんな中で、山崎さんが「やりましょう」と言ってくれて、ぼくはそれに背中を押されて「ｕｎｄｅｒ ｃｏｒｏｎａ」のパートを書き始めることができた。「個人のことを書く」という、作家がすべきことから逃げない山崎さんと一緒でなければ、ぼくはコロナ禍の中で誰と共有するでもなく溜め込んでいた様々な思いや感情に形をつけることすらできなかっただろう。

また、山崎さんはご自身のことを頭でっかちだと書かれていたが、本やネットなどから得た様々な知識を、わかりやすく嚙み砕いて書いてもらったおかげで、ぼく自身も非常に勉強になった。もしこの連載の書き手がぼく一人だったら、こんなにためになるエッセイは到底書けなかったと思う。

文藝賞で一緒にデビューした山崎さんと、たまたま同じ時期に子育てをしている偶然と、何よりこうして共著という形でエッセイを書けたことに心から感謝したい。ありがとうございました。

おわりに　白岩玄

この育児エッセイを書き始めたのは、三年半ほど前だったと記憶している。最初のぼくの原稿に「八ヶ月の息子がいる」とあって、その息子が今四歳なので、だいたいそれくらいだろう。コロナ禍《か》や、お互いの仕事の都合や、家庭の事情など、様々なことが積み重なって、もともと予定していたよりも、かなり長いスパンのやりとりになった。

でも、結果的にはそうなって良かったと思っている。約四年にわたってエッセイのやりとりをしたことで、乳幼児から幼児に変わっていく子どもの成長や、親の目線の微妙な変化が感じられるし、お互い二人目が生まれたり、コロナ禍になって生活環境が変わったりしたことを含めると、なんだか家族の物語のようにも読めるからだ。

一方で、長く続けたからこそ、今の自分の感覚と違うなと感じる部分もある。特に、息子が一歳を過ぎるくらいまでのぼくは、明らかに父親の自覚に欠けるような発言をしていることが多くて恥ずかしい。第一部のぼくの最初のエッセイのタイトルが「育児の責任感はどこから来るか」になっているが、そんなものの出所を考えている暇があるのなら、まず目の前の子どもをみろよと頭をどつきたくなってしまう（山崎さんが一貫して当たり前に親である姿を見せているから、余計にいたたまれない）。

それでも、一緒に書かせてもらったことで、面白いエッセイになったと思っている。山崎さんのまえがきにもあったが、ぼくらは同じ年の文藝賞でデビューした唯一の同期で、ここ最近は、山崎さんは日々の生活から社会や経済の問題を考えることを、ぼくは二十代の頃に感じた違和感から、これまでとは違う男性の生き方を模索することを、テーマにすることが多かった。おまけに、どちらも幼い子どもを育てていて、育児エッセイを書いたりしている。

プライベートでは、作家の集まりで顔を合わせたときにちょっと喋《しゃべ》る程度なのだが、そんなふうに共通する部分が多く、でもお互いのことをそこまで知っているわけではないからこそ、新鮮な気持ちで、かつ自然な敬意を持ってやりとりをすることができた気がする。

余談になるが、『ミルクとコロナ』というタイトルは、山崎さんがつけた。タイトルを考えるためのオンライン打ち合わせを編集者と三人でしたときに、山崎さんが紙に打ち出したタイトル案をいくつも掲げて見せてくれて（すごい量と質だった）、どれもエッジがきいていて良かったのだが、その中でも特に印象に残ったこのタイトルを今回は使わせてもらうことになった。なんというか、どうしても負のイメージを持たれがちな「コロナ」という単語が、子育ての比喩《ひゆ》である「ミルク」によって、白い柔らかな膜の中に包まれ、どちらも日常の中にあるものなのだと感じられるところが、すごくいいと思う。ちなみに、ぼくもいくつか案を用意したのだが、箸《はし》にも棒にもかからなかった。

いつかまた、子どもたちがもう少し大きくなったときに、山崎さんと子育てにかんする往復書簡的なエッセイを書いてみたい。もちろん、山崎さんが良ければ、の話だけれど。

白岩 玄（しらいわ・げん）

一九八三年京都市生まれ。二〇〇四年『野ブタ。をプロデュース』で文藝賞を受賞し、デビュー。小説に『空に唄う』『ヒーロー！』『世界のすべてのさよなら』『たてがみを捨てたライオンたち』などがある。

山崎ナオコーラ（やまざき・なおこーら）

一九七八年福岡県生まれ。二〇〇四年『人のセックスを笑うな』で文藝賞を受賞し、デビュー。小説に『美しい距離』『リボンの男』、エッセイに『かわいい夫』『母ではなくて、親になる』『むしろ、考える家事』などがある。

［初出］

before corona 書き下ろし

under corona Ｗｅｂ河出連載（二〇二一年七月～一〇月）

ミルクとコロナ

二〇二一年一〇月二〇日 初版印刷

二〇二一年一〇月三〇日 初版発行

著者 白岩 玄

山崎ナオコーラ

ブックデザイン 鈴木成一デザイン室

装画 M

発行者 小野寺優

発行所 株式会社河出書房新社

〒一五一-〇〇五一 東京都渋谷区千駄ヶ谷二-三二-二

電話〇三-三四〇四-一二〇一（営業）

〇三-三四〇四-八六一一（編集）

https://www.kawade.co.jp/

本文組版 株式会社キャップス

印刷 株式会社暁印刷

製本 加藤製本株式会社

Printed in Japan ISBN978-4-309-03000-5

白岩玄の小説

ヒーロー！

「大仏マン・ショーでいじめをなくせ!!」学校の平和を守るため、大仏のマスクをかぶったヒーロー好き男子とひねくれ演劇部女子が立ち上がる。正義とは何かを問う、学園小説。

空に唄う

通夜の最中、新米の坊主の前に現れた、死んだはずの女子大生。自分の目にしか見えない彼女を放っておけない彼は、寺での同居を提案する。だがやがて、彼女に心惹かれて……。

野ブタ。をプロデュース

舞台は教室。プロデューサーは俺——修二のプロデュースで、信太＝野ブタは人気者になれるのか?!　テレビドラマ化もされ話題になった学校青春小説の金字塔。文藝賞受賞作。

山崎ナオコーラの小説

リボンの男

おとうさんはねえ、ヒモじゃなくてリボンだよ――「時給かなりマイナスの男」の専業主夫・常雄が、野川沿いの道を3歳のタロウと歩きながら発見した、新しい〝シュフ〟の未来。

鞠子はすてきな役立たず

働かないものも、どんどん食べろ――「金を稼いでこそ、一人前」に縛られない自由な主婦・鞠子と銀行員・小太郎の生活の行方は⁉　金の時代の終わりを告げる痛快作。

人のセックスを笑うな

19歳のオレと39歳のユリ。ふたりの危うい恋の行方は？　年上女性との恋愛を斬新な文体で描いたせつなさ100パーセントの恋愛小説。映画化もされ話題になった文藝賞受賞作。

河出書房新社
のエッセイ集

母ではなくて、親になる　山崎ナオコーラ

妻は作家で、夫は町の書店員。妊活、健診、保育園落選……37歳で第一子を産んだナオコーラが、赤ん坊が1歳になるまでの、親と子の驚きを綴る。全く新しい出産・子育てエッセイ。

かわいい夫　山崎ナオコーラ

「会社のように役割分担するのではなく、人間同士として純粋な関係を築きたい」。布で作った結婚指輪、流産、再びの妊娠……書店員の夫との日々の暮らしを綴る〝愛夫家〟エッセイ。

異性　角田光代／穂村弘

好きだから許せる？　好きだけど許せない!?　男と女は互いにひかれあいながら、どうしてわかりあえないのか。カクちゃん&ほむほむが、男と女についてとことん考える！